# 나의 아버지 박판수

# 나의 아버지 박판수 2 (큰글씨책)

초판 1쇄 발행 2019년 4월 10일

지은이 안재성
펴낸이 강수걸
편집장 권경옥
펴낸곳 산지니
등록 2005년 2월 7일 제 333-3370000251002005000001호
주소 부산광역시 해운대구 수영강변대로 140 BCC 613호
전화 051-504-7070 | 팩스 051-507-7543
홈페이지 www.sanzinibook.com
전자우편 sanzini@sanzinibook.com
블로그 http://sanzinibook.tistory.com

ISBN 978-89-6545-589-9 04810
978-89-6545-587-5 (세트)

* 책값은 뒤표지에 있습니다.
* 이 도서의 국립중앙도서관 출판예정도서목록(CIP)은 서지정보유통지원시스템 홈페이지(http://seoji.nl.go.kr)와 국가자료공동목록시스템(http://www.nl.go.kr/kolisnet)에서 이용하실 수 있습니다.(CIP제어번호: CIP2019012103)

# 나의 아버지 박판수

2

안재성 지음

산지니

| 차례 |

1권

서문 민족해방운동에 바친 가족사 • 13

1. 첫 기억 • 19
2. 동산리 종갓집 • 33
3. 하태연 • 51
4. 서하 시절 • 65
5. 전쟁 • 83
6. 입산 • 107

2권

7. 체포 • 7
8. 흩어진 가족 • 25
9. 끝나지 않은 전쟁 • 39
10. 가족 • 53
11. 출옥 • 71
12. 재수감 • 87
13. 마지막 열정 • 105

# 7. 체포

하태연은 악화하는 상황 속에서도 아이들을 살리려고 너무나 힘겨운 나날을 보내고 있었다. 진성면 여맹위원장이다 보니 가끔 경남도 여맹위원장 조복애며 여맹 조직부장이 방문하곤 했다. 조복애는 작은 키에 남자처럼 다부지고 용맹한 여성이었다. 박판수 부부를 아꼈던 그녀는 하태연이 아이들을 돌보는 모습을 보면서 안타까워하며 말하곤 했다.

"'하동지는 아이들만 없으면 일 잘할 수 있겠는데. 아이들 떼어 보낼 연구를 해봅시다."

하지만 상황이 여의치 않다 보니 상부에서 이런 일까지 일일이 신경 쓸 겨를이 없었다. 조복애나 조직부장은 어쩌다가 만날 때나 걱정할 뿐, 지나가면 소식이 끊겼다.

하태연으로서는 빨치산 대원들이 생명을 걸고 보급해 온 식량을 아무것도 하는 일 없이 축내는 게 송구스러워 견딜 수가 없었다. 하루 한두 끼니로 극한의 굶주림 속에서 피 흘리며 전투하는 동지들을 생각하면 하루에도 몇 번씩 아이들을 떼놓고 자기도 총을 들고 싸워야 한다는 생각이 몰아쳤다.

박판수도 더 이상은 용납하지 않았다. 하루는 하태연을 찾아와 민가에서 함께 자면서 신신당부했다. 당장 아이들을 데리고 산 아래로 내려가거나 아니면 이북으로 올라가라는 것이었다. 하태연은 아이들을 떼어놓고 자기만 다시 올라와 투쟁에 동참하겠다고 답했다. 자기도 동지들처럼 총을 들고 토벌대와 싸우겠다는 결심이었다. 딸 현희가 학교에 입학할 나이가 되었는데 계속 산에 데리고 있을 수는 없다는 생각도 있었다.

입산 10개월 만인 1951년 7월 중순, 하태연은 결국 하산을 결심했다. 검문에 걸리지 않기 위해 옷을 깨끗이 빨아 입고 밤을 틈타 민가로 내려왔다. 막상 하산하기는 했지만 어디나 적의 소굴이었다. 가자마자 붙잡힐 게 뻔한 동산리 집에는 갈 수 없었다. 먼저 박판수의 셋째 누이 집으로 가서 딸 현희를 떼어 놓았다.

현희는 엄마가 자기를 떼어놓고 가는 것을 눈치채고는 따라가겠다고 통곡하며 발버둥을 쳤다. 고모가 붙잡으니 고모 손목을 물어뜯고 발버둥치다가 놓치는 바람에 보리짚단에 넘어져 머리까지 찢어졌다. 하태연은 모질게 마음먹고 뒤도 안 돌아보며 시누이 집을 나섰다.

일단 딸은 해결되었으나 어린 아들은 맡길 곳이 마땅치 않았다. 큰집도 자식이 다섯이나 되는 데다 큰아들 수환을 잃은 슬픔에 젖어 있어 차마 맡길 엄두가 나지 않았다. 아들을 맡길 만한 곳이 없어 아는 집을 헤매고 다니다가 경찰 검문에 걸리고 말았다. 아이를 안은 몸인데도 도민증이 없다는 이유로 체포되고 말았다. 다섯 살 난 아들 준환을 업은 채 경찰서로 끌려갔다. 하산 열흘 만이었다.

아이를 업은 채 잡혔으니 유치장에도 함께 갔다. 험한 산만 다니던 녀석이 큰길로 가니 잡혀가는 줄도 모르고 좋아서 앞으로 뛰어보기도 하고 뒤로 돌아 달려오면서 엄마야 하고 품에 안겼다가 또 뛰고 하며 좋아했다. 유치장에 들어가서는 배가 고프면 울면서 먹을 것을 달라고 칭얼대고 배가 부르면 기분이 좋아 '김일성 장군의 노래'를 부르며 온 유치장을 뛰어다니니 간수들이 역정을 내고 야단이었다.

"저놈의 빨갱이 새끼! 시끄러워!"

처음 사흘은 아이 때문인지 별일이 없었다. 사흘 만에 큰댁 식구가 아이를 데리러 찾아왔다. 무릎 위에서 자던 녀석을 경찰이 안아 떼어내자 깜짝 놀라 경기를 일으키도록 울어대는데 가슴이 미어지는 것 같았다.

아이를 보내고 나니 키가 180센티미터가 넘을 것 같은 거구의 형사가 오더니 '나와!' 하고 소리치며 유치장 문을 땄다. 형사는 문을 나서자마자 솥뚜껑만 한 손바닥으로 따귀를 후려갈겼다. 그대로 뒤로 넘어져 풀썩 주저앉는데 눈앞에 별이 튀고 세상이 노랬다. 갑자기 지옥으로 들어간 기분이었다.

수사실에 들어가니 형사 몇이 기다리고 있다가 제1고문으로 들어가자고 수군대더니 벽 앞에 걸상을 놓고 그 위에 올라서게 했다. 공포에 떨며 올라서자 두 팔을 몸 뒤로 묶고 두 다리도 포승으로 묶었다. 그러더니 벽에 박힌 대못에 팔 묶은 포승을 걸고는 걸상을 쑥 빼버리는 것이었다. 팔이 뒤로 꺾인 채 거꾸로 매달리니 목은 꺾여 눈알이 튀어나오고 혀가 쑥 빠지는 것 같았다. 팔의 통증은 말할 것도 없었다. 겨드랑이가 찢어지는 것 같고 관절이 빠질 듯 아픈데 형사들은 묶인 다리를 이리 당기고 저리 밀며 고통을 가했다. 목에서 돼지 잡을 때 같은 캑캑 소리가 절로 터져 나왔다. 팔은 얼마 못 가 감각이 사라져 때리고 꼬집어도 아프지도 않았다.

다음에는 알몸 물고문이었다. 실오라기 하나 남김없이 완전히 벗게 하더니 각각 팔과 다리를 묶어 가운데 모래밭에 눕혔다. 그러고는 발광 못하게 한다며 묶은 두 다리 위에 쇠몽둥이를 걸쳐 두 명이 양쪽에서 누르고, 묶인 팔과 목 사이에도 쇠몽둥이를 넣고 양쪽에서 눌러댔다. 그러고는 입과 코에 옷을 덮어씌운 후 그 위에 양동이로 물을 붓기 시작하니 숨도 쉬지 못하고 위로, 폐로 들이마실 수밖에 없었다. 양동이가 비면 또 가득 떠다 붓기를 두번 세번 계속하였다. 물에서는 이상한 냄새까지 났다. 나중에 보니 재를 쏟아 부은 잿물이었다. 하도 많이 들이마셔 배가 불룩해지자 한 놈이 구둣발로 배 위에 올라서서 펄쩍펄쩍 널을 뛰었다. 물과 함께 아침에 먹은 음식까지 입으로 항문으로, 하문으로 마구 쏟아져 나왔다. 마음으로는 눈과 코에서도 물이 쏟아져 나오는 것 같았다.

"야! 누가 이년 밥 먹였어?"

분수처럼 물과 음식물을 뿜어내는데 고문하던 한 놈 얼굴에 튄 모양이었다. 수건을 달라, 물로 씻는다, 난리를 피웠다. 물고문을 할 때는 밥을 굶기는 모양이었다.

놈들이 부은 물은 꼬박 일곱 양동이였다. 기진해서 죽어가니 그제야 다음 고문을 하자며 멈추는데 마지막으로 붓는 물은 유달리 코가 아팠다. 끝판에 잿물 흔적을 씻어내려고 맹물을 부었던 것이다.

세 번째 고문은 성고문이었다. 여전히 벌거벗은 상태에서 물고문에 지쳐 축 늘어져 있는데 바닥의 더러운 모래를 집어 하문에 밀어 넣고는 쇠몽둥이로 마구 쑤시는 것이었다. 수많은 사람이 고문으로 피 흘리고 잿물이며 음식물로 더러워진 모래를 쇠몽둥이로 콱콱 쑤셔 넣으니 아이를 낳는 것보다도 더 끔찍한 고통이 밀려왔다. 마구 비명을 지르니 놈들은 떠들썩하게 웃어대며 말했다.

"야, 이년아! 이것이 바로 말O이다!"

아랫도리가 피범벅이 되도록 몇 번이나 더러운 모래를 쑤셔 넣기를 반복하니 겨드랑이처럼 감각도 사라졌다.

온몸이 만신창이가 되어 죽어가니 그제야 옷을 입으라 하고 유치장으로 돌려보냈다. 계속 오줌이 흘러나와 변소에 앉아 있으면 소변에서 지독한 잿물 냄새가 나서 코를 돌리지 않으면 안 되었다.

며칠이고 수사가 계속되는 사이, 병균이 우글거리는 모래로 고문당한 자궁이 곪아 터지며 악취가 나기 시작했다. 나중에 감방으로 넘어가서도 살 썩는 냄새가 나서 사람들이 옆에 오기를 꺼렸다. 작은오빠는 산에서 죽고, 하나 남은 큰오빠가 밭을 팔아서 약을 영치해주어 오랫동안 복용하고 나서야 겨우 악취가 사라졌다.

알몸고문은 하태연만 당한 게 아니었다. 감옥에 가보니 여맹이나 인민위원회에서 활동했다는 여자들은 대부분 알몸으로 구타와 고문을 당했고, 집단 강간당한 여자도 있었다. 이 짐승보다 못한 야만적인 알몸고문은 전쟁이 끝나고도 이삼십 년 이상 간첩혐의로 체포된 여성들에게 일반적으로 행해졌다. 간첩혐의로 체포된 사람은 남녀 구별 없이 완전히 벗기고 한 방에 수용해 짐승처럼 두들기고 고문하는 일이 1980년대 초반까지도 계속되었다.

고문당해 마비된 팔이 채 낫기도 전에 검사국으로 이송되었다. 포승을 찬 채 검사국에 들어서니 김일두라는 검사가 짤막한 박달나무 방망이로 어깨며 허벅지를 내리쳤다.

"네가 박판수 부인 하태연이가? 바른 말 안 하면 죽는 줄 알아라!"

수십 번을 때리고 때려대니 뼈마디에 박달나무가 부딪힐 때마다 미칠 것처럼 아팠다. 그렇게 검사 취조기간 열흘 내내 매를 맞으니 사람 꼴이 말이 아니었다. 손발이 마비되다시피 하여 걷지도 못하고 밥도 제대로 먹을 수가 없었다. 감방에 돌아가면 사상범으로 잡혀 있는 다른 재소자들이 불쌍하다고 어깨를 부여안고 함께 울기도 했다.

재판소도 마찬가지였다. 하필이면 좌익 때려잡기로 악명 높은 오재도가 판사였는데 묻는 말마다 기가 막혔다.

"야, 너희들, O은 어디서 하냐?"

법관이란 자의 입에서 도저히 나올 수 없는 쌍스러운 말이 마구 쏟아지는 걸 들으니 이놈이 정말 개새끼구나 싶었다. 검사와 판사는 인민군에게 먹을거리를 장만해준 것 외에는 특별히 한 일도 없이 토벌대에 쫓겨 아이들을 보호했을 뿐인데, 15년을 구형해 8년 형을 언도했다.

하태연이 체포된 뒤에도 박판수는 지리산에 남아 활동을 계속하였다. 그녀가 체포된 직후인 1951년 8월, 인민군총사령부에서 8 · 15를 맞아 빨치산은 총공세를 취하여 적 후방을 일층 교란하라는 명령을 보내왔다. 이에 따라 지리산 일대 빨치산은 대대적인 공세에 나섰다.

대공세를 주도한 것은 이현상이 이끄는 남부군이었다. 수백 명의 정예부대를 갖춘 남부군은 지리산 일대를 차례로 돌아다니며 경남도당, 전북도당, 전남도당 산하 유격대와 연합해 대규모 전투를 벌여나갔다. 수백 명에서 일천 명 이상이 동원되는 대규모 전투는 유격전이라기보다는 사실상 정규전이나 다름없었다.

이남 군경은 지리산 주변 경찰서마다 박격포도 막을 수 있는 대형 방호벽을 만들어놓고 이삼백 명씩 지키고 있었다. 군경은 빨치산이 민가에 들어가 식량을 가져갈 수 없도록 주민들의 식량을 모두 압수해 방호벽 안에 쌓아놓고 매일 필요한 분량씩만 나눠주었다. 빨치산으로서는 식량을 보급하기 위해서라도 방호벽을 공격하는 모험을 감행하지 않을 수 없었다.

경남도당 유격대와 연합한 남부군은 8월 18일 산청군당의 도움으로 난공불락의 요새라는 시천면 경찰지서 방호벽을 공격했다. 두 발의 박격포를 신호로 양측 수백 개의 총구가 불을 뿜기 시작했다. 하지만 빨치산은 들판에 노출된 반면 토벌대는 방호벽 안에 몸을 감추고 있었다. 빨치산은 하나둘 쓰러져갔으나 방호벽은 박격포에도 무너지지 않았다. 한밤에 시작된 전투는 다음 날 하루를 꼬박 계속해 자정이 넘도록 계속되었다. 그러나 강제로 동원된 군경토벌대는 자발적으로 목숨을 던지는 빨치산을 이겨낼 수 없었다. 빨치산 특공대가 빗발치는 총탄을 뚫고 방호벽을 타고 올라 수류탄을 까 던지는 것으로 싸움은 끝났다. 공격 사흘째 되던 날 새벽 1시였다.

경찰서가 함락되고 군경이 도망쳐버리면서 시천면 일대는 완전히 빨치산 차지가 되었다. 빨치산은 진주와 산청을 잇는 토벌대의 기동로까지 장악하고 지원 오는 국군 트럭 3대를 기습해 수십 명을 살상했다.

기동력 있는 소수 인원으로 상대방의 허점을 치고 빠지는 유격전의 원칙과는 거리가 먼 이 대규모 전투는 많은 빨치산의 희생을 가져왔으나 위력 자체는 대단했다. 남부군은 경남도당 유격대와 연합해 시천, 삼장, 화개, 마천지구를 일시적으로 점령한 데 이어 9월에는 전라남북도로 넘어가 승전을 계속했다. 9월 13일부터 사흘간 전남 구례군 산동지구를 점거한 것을 시작으로 전북 완주군의 고사면, 운주면, 운봉, 고천 등지에서 치열한 전투가 벌어져 토벌대 600여 명을 살상하고 40여 명을 포로로 잡는 전과를 올렸다.

이중에서도 남부군과 전남도당 유격대가 합동작전을 벌인 구례군 산동면 지구 전투는 정규군도 해내기 어려운 일방적인 승리였다. 이 싸움은 빨치산 전투로는 힘겨운 조건에서 승리했기에 토벌대에게 더 큰 충격을 주었다.

산동은 전남 구례와 남원을 잇는 지리산지구의 요충지로 그 거리가 불과 40리밖에 안 되어 남원에 있는 지리산지구 전투경찰 사령부와 구례에 주둔한 대규모 토벌대가 즉각 지원 나올 수 있는 곳이었다. 이런 불리한 지리적 조건 속에서도 남부군 참모장 박종화 등 탁월한 유격지휘관들의 전술로 산동지서와 중동분서 등을 완파하고 구례와 곡성 방면에서 응원 오는 토벌대 1천여 명에게도 치명적인 타격을 입혀 후퇴하게 만들었다. 이 전투로 토벌대 510명을 살상하고 포로 31명을 확보했을 뿐 아니라 박격포 3문, 경기 24정, 중기 9문 탄알 18,000발 등 막대한 무기를 탈취했다.

남부군의 남하에 힘입은 경남도당 유격대도 9월 13일 산청군 생비량면 지서를 공격해 함락시키고 이틀 후인 15일에는 합천군 삼가면, 17일에는 의령군 궁류면, 19일에는 합천군 초개 방면 등등 경남서북부 전역에서 대대적인 공세로 연승을 거두었다. 잇단 대규모 공격으로 토벌대 524명을 살상 내지 포로로 잡았으며 다량의 무기를 탈취했다.

박판수가 조직해온 인민군 부대 등 경남도당 산하 유격대들은 사령관 이영회의 지휘 아래 57사단으로 합쳐져 대규모 공격에 나섰는데 특히 합천군 삼가면 전투가 치열했다. 전면 공격에 앞서 9월 14일 자정에 삼가면 인근에 도착한 57사단과 각 군당 요원들은 한밤중에 숲속에서 열성자대회를 열어 격렬한 토론과 결의대회를 하고 새벽 5시에 총공격을 시작했다. 경찰지서 방호벽 안에 주둔한 2백 명이 넘는 토벌대를 대상으로 치열한 공격을 퍼부은 끝에 7시간 만인 오전 11시 45분 마침내 경찰지서에 불기둥이 치솟고 토벌대는 사방으로 흩어져 달아나버렸다.

삼가면 일대를 완전히 장악한 가운데 57부대는 삼가면 주민을 모아놓고 유격투쟁의 의미를 선전 선동하는 한편, 지원오던 타 지역 응원경찰 70여 명을 매복으로 물리쳤다. 이 전투로 빨치산은 경찰서장을 포함한 40여 명의 토벌대를 살상하거나 포로로 잡는 전과를 올렸다.

의령군 궁류면 전투 역시 치열했다. 삼가면을 공략하는 데 성공한 57부대는 곧바로 의령군 궁류면으로 이동해 9월 17일 낮 12시 30분부터 대담한 주간공격을 시작했다. 먼저 궁류면 입사리에 진입한 빨치산은 주둔하고 있던 토벌대를 가볍게 물리치고 주민들이 해주는 따뜻한 점심을 먹은 후 궁류면 경찰서 공격에 들어갔다. 어느 경찰서나 마찬가지로 방호벽으로 둘러싸인 궁류면 경찰서 안에서는 빗발치듯 총탄이 날아왔으나 사기 넘치는 빨치산을 이길 수는 없었다. 불과 세 시간 만에 경찰서에서 불길이 치솟고, 토벌대는 여러 구의 시체를 남긴 채 달아나버렸다.

산청군 삼장면 전투는 쉽지 않았다. 시천면 경찰지서와 함께 삼장면 경찰지서도 다른 어느 곳보다 높고 두꺼운 방호벽으로 요새화된 곳이었다. 이전에도 수차례 공격을 가했으나 밤새 교전을 벌이고도 번번이 후퇴할 수밖에 없던 난공불락의 요새였다. 그러나 이영회의 57사단을 주력으로 인근 군당 요원이 총동원된 공격을 이겨내지는 못했다. 9월 19일 새벽 1시 박격포로 공격을 시작한 빨치산은 19일 온종일 공격을 퍼부은 끝에 다음 날인 20일 오전 3시 경찰서를 함락시키는 데 성공했다.

경남도당 유격대는 한때 화개면까지 장악하는 등 1951년

가을 내내 혁혁한 승리를 거두었다. 유격전이라기보다 정규전에 가까운 이들 전투는 이현상의 남부군이 주도했으나 독자적으로 결정한 것이 아니라 평양의 인민군총사령부 명령에 따른 것이었다. 유격전 자체로 후방 도시를 장악할 수는 없더라도 후방을 격렬히 교란시킴으로써 전방의 군대를 동요하게 만들기 위함이었다.

실제로 그 효과는 금방 나타났다. 국군은 이해 12월, 중부전선 최전방의 4만여 병력을 남하시켜 지리산 일대 빨치산 토벌에 나섰다. 후방교란으로 전방을 약화시킨다는 인민군총사령부의 전략이 주효한 것이다. 남부군이 소규모 유격전을 하지 않고 대규모 공격을 감행했다고 이현상 사령관을 비판하는 견해도 있지만, 이는 당시 실정과 동떨어진 원론적 비판이었다.

거센 공격의 여파는 컸다. 반경 수십 킬로미터밖에 안 되는 지리산 일대 빨치산에게 국군의 대규모 공세는 치명적이었다. 남부군의 공세 과정에서 숨진 빨치산의 숫자와는 비교도 할 수 없는 궤멸적인 타격이 기다리고 있었다. 여기에 미군은 비행기를 이용해 산악지대에 이질, 장티푸스 같은 세균을 투하함으로써 빨치산의 궤멸을 가속화시켰다.

국군토벌대는 1951년 12월 초순 제1차 공세를 시작했다. 지금까지의 그 어떤 공격과도 비교할 수 없는 대규모 공세였다. 수만 명의 병력이 지리산 전역을 에워싸고 야포와 비행기를 동원해 온 산이 불바다가 되도록 폭격을 가한 후 그물망처럼 좁혀오며 눈에 띄는 모든 것을 살상했다. 예전의 토벌대는 낮에 올라왔다가 저녁이면 내려갔으나 국군토벌대는 야간에도 내려가지 않고 주요 능선마다 가로등을 밝히듯 수많은 모닥불을 피워놓고 그 자리에서 밤을 새웠다. 빨치산에게는 그 어느 곳도 안전하지 않았다.

제1차 공세로 상당한 전력을 손실한 빨치산에게 1952년 새해가 되자마자 또다시 제2차 공세가 가해졌다. 국군은 이리저리 훑고 다니며 사살하는 작전 대신 이번에는 사방에서 포위망을 좁혀 한군데로 몰아넣은 다음 포격으로 몰살시키는 작전을 택했다. 그 최종 함정은 대성골이었다.

대성골은 지리산에서 가장 긴 골짜기인 쌍계사골 최상류에 위치한 작은 계곡이었다. 국군은 빨치산을 사방에서 공격해 대성골로 몰아넣은 후 휘발유 통을 대량으로 투하하고 네이팜탄과 야포로 불바다를 만들어버렸다. 포위망에 쫓겨 골짜기로 들어갔던 유격대와 당 간부, 투쟁인민은 학살이니 다름없이 집단 몰살당했다.

국군은 대성골 공격으로 빨치산 300명을 사살하고 251명을 체포했다고 발표했다. 그러나 포탄에 맞아 산산이 부서지고 네이팜탄에 재가 되어버려 집계할 수 없는 인원까지 합치면 최소한 1천여 명이 죽거나 체포되었다.

대성골 참사로 빨치산은 치명적인 타격을 입는데 특히 경남도당 지도부는 궤멸하다시피 했다. 대성골이 경남도당 지역이다 보니 특히 타격이 심했다. 도당위원장 남경우, 부위원장 허동욱과 조영래, 조직부장 강명석, 57사단 정치위원 김의장, 구례군당 위원장 등 고위간부 14명이 사망했고 이인모 등 하급간부와 유격대원 다수가 체포되었다. 대성골에 갇혔다가 이현상을 호위해 뚫고 나온 경남도당 간부는 이영회, 노영호 등 극소수에 지나지 않았다.

박판수는 대성골에 들어가지 않아 살아남을 수 있었다. 미군의 세균전으로 심한 장티푸스에 걸려 환자 아지트에 있었던 것이다. 그러나 제3차 공세 때 꼼짝 못하고 체포당하고 말았다.

당 간부들은 권총을 지니고 있어 체포될 경우 자살하는 게 불문율이었다. 박판수도 늘 권총을 지니고 있었다. 그런데 마침 문병을 온 산청군당 위원장 민영식의 권총이 고장 났다기에 자기는 누워 있으니 투쟁하는 사람이 써야 한다고 권총을 주었는데 국군이 밀고 들어오는 바람에 자결도 못하고 체포되고 말았다. 아내 하태연이 체포된 지 7개월 후인 1952년 2월, 그의 나이 35세였다.

박판수의 권총을 가져갔던 민영식은 얼마 후 신원면 대현리에 있는 바랑산에서 토벌대에 포위되자 권총으로 자결했다.

체포되던 때 박판수의 최종 직위는 조선노동당 경남도당 북부지구당 위원장이었다. 진주, 함양, 산청, 진양, 합천 등 경남 서북부 전체를 관할하는 책임자였다. 그가 체포된 후에는 전종수, 노영호가 차례로 위원장직을 승계했다.

경남도당 5대 간부 중 한 사람으로 체포된 박판수는 손톱, 발톱까지 빼는 혹독한 고문과 폭행 속에 조사를 받은 후 전남 위수사령부 고등군법회의에 넘겨졌다. 그리고 그해 10월 27일 징역 15년을 언도받았다. 죄명은 국방경비법 제32조 위반이었다.

박판수가 사형을 면한 것은 집안에서 많은 돈을 쓴 덕분이었다. 남한 군경과 재판소는 썩을 대로 썩어 있었다. 여순반란의 주역인 지창수조차 집안에서 많은 돈을 들여 사형을 면하게 했고, 훗날 저명한 학자가 되는 박현채 같은 이도 빨치산으로 잡히자 어머니가 금가락지를 한 말이나 만들어 돌린 끝에 석방시킨 일이 있었다. 박판수가 체포되자 누나들은 논을 두 마지기씩이나 내서 아낌없이 구명운동에 썼고 그 덕분에 박판수는 사형을 면하였다.

# 8. 흩어진 가족

경찰은 박판수가 체포되기 전까지 집안을 온통 들쑤셔놓았다. 형 박봉윤과 누나들은 몇 번이나 경찰서에 끌려가 사람 이하의 취급을 당하며 조사를 받았다. 담당 경찰관이며 우익청년단이 상주하다시피 하면서 온 집안을 쑤시고 다녔다. 그렇지 않아도 보도연맹으로 장손이 죽고 집안의 기둥이던 대종부가 죽어 초상집이었는데 작은아들은 빨치산으로 산에 있고 며느리는 감옥에 있으니 형편이 말이 아니었다.

하태연이 잡히기 진 셋째 고모 집에 맡겼던 딸 현희도 처지가 딱했다. 경찰은 툭하면 고모와 그 식구들을 불러다가 박판수와 내통하고 있지는 않은지 심문하고 협박을 가했다. 남편의 눈치를 보아야 하는 고모는 친정 조카를 더 돌볼 수가 없었다. 그렇다고 큰집에 맡길 수도 없었다. 큰아들을 잃고 상심해 있는 데다 나머지 자식도 다섯이나 되는데 이미 박판수의 아들 준환이까지 얹혀 있으니 현희까지 데리고 있을 처지가 못 되었다.

결국 현희는 사천 외가로 옮겨졌다. 하지만 외가 역시 작은아들 하치양을 산에서 잃고 얼마 전 작은며느리까지 병으로 죽어 줄초상을 당했다. 엄마를 잃은 작은아들의 자식도 줄줄이 딸려 외할머니 강석순은 눈물과 한숨으로 나날을 보내고 있었다. 한때는 큰집에서 외손자 준환이를 데려온 적도 있지만 결국 키우기를 포기하고 돌려보낸 실정이었다. 일단 오갈 데 없는 현희를 데려오기는 했으나 오래 데리고 있을 형편이 못 되었다.

사천 외가로 간 지 얼마 안 되어 박현희는 친할아버지와 함께 경찰서에 호출되었다. 친할아버지 박도원은 경찰서에 가면서 절대 아버지를 본 적이 없다고 대답하라고 신신당부했다. 겨우 일곱 살짜리 여자아이였지만 수많은 죽음과 산 생활을 겪은 박현희는 야무졌다. 경찰관들이 아버지 본 적 없느냐고 물어도 한 번도 못 봤다고 말했다. 산에서도 못 보고 집에서도 못 봤다고 버티니 경찰관들은 과자를 손에 쥐어주며 살살 꼬였다. 그래도 절대 본 적 없다고 딱 잡아떼니 고개를 설레설레 저었다.

"이놈 이거 딱 빨치산 자식 맞구만?"

툭툭 뺨을 툭툭 건드리며 웃고 마는 것이었다. 그리고는 엄지손가락에 인주를 묻혀 진술서에 지문을 찍게 했다. 박현희는 어린 마음에 대장 딸이라서 인주를 찍어준 거라고 생각하고 동네아이들에게 자랑하고 싶어 지우지도 않고 돌아왔다.

진주형무소에 갇힌 하태연은 친정으로 편지할 때마다 현희를 학교에 보내달라고 간청했다. 자신의 부모가 얼마나 어려움에 빠져 있는지 잘 알고 있었지만, 지리산에서 내려온 결정적인 사유도 딸의 입학이었던 그녀로서는 어쩔 수 없는 부탁이었다.

외할머니 강석순은 생각하다 못해 현희를 부산에 있는 먼 친척에게 보내기로 했다. 자신의 사촌 여동생의 아들 집이었다. 조카는 교육청 공무원이고 며느리는 학교 교사인데 갓난 아이를 돌볼 아이가 필요했다. 일을 좀 도와주면 학교는 보내주겠거니 믿었고, 설사 학교를 못 보내더라도 며느리가 교사니까 글은 가르쳐주지 않을까 기대했다.

강석순은 부산까지 손녀를 데려와 조카 집에 두고 떠나며 발길을 떼지 못하고 한없이 울었다. 공부 안 해도 좋으니 외할머니 따라 외가에서 살겠다고 발버둥치며 현희가 울어댔으나 끝내 이별할 수밖에 없었다.

외할머니의 생각과는 달리 현희의 고생은 이제 시작이었다. 아줌마는 참 사람이 좋았다. 남의 자식인데도 잘 안아주고 맛있는 것 챙겨주려고 애쓰는 선량한 여교사였다. 그러나 공무원인 아제하고는 처음부터 안 맞았다. 타고나기를 활달하고 붙임성이 좋은 현희가 아제라고 부르며 따르고 심부름도 잘하고 비위를 맞춰도 소용없었다. 철저한 반공주의자인 그는 툭

하면 술을 마시고 들어와서 소리쳤다.

"야, 이 빨갱이 놈의 새끼야! 저리 비켜!"

이럴 때면 현희도 지지 않고 꼬박꼬박 말대답하여 더 속을 긁어놓았다.

"우리 아버지는 훌륭한 사람이에요. 우리 아버지 욕하지 마세요. 우리 아버지 오시면 아제는 혼날 거예요."

"뭐야 이놈아? 이거 정말 말 많은 빨갱이 딸 맞네!"

화가 난 아제는 분을 참지 못하고 아줌마에게 화살을 돌렸다.

"왜 이런 빨갱이 딸에게 잘해주냐? 너도 똑같아!"

아줌마는 남편이 술을 마시고 들어오는 날이면 현희를 숨겨주기에 바빴다. 아이가 남편에게 혼나고 울고 있을 때면 소고깃국에 밥을 떠서 먹여주며 달래기도 했다. 참으로 선량하고 너그러운 아줌마였다.

아줌마가 너무 잘해주기는 했지만 어린 나이에 아기 돌보는 일은 쉽지 않았다. 겨우 여덟 살짜리가 갓난아이를 등에 업고 키우려니 허리가 휘는 것처럼 아팠다. 등에는 물집이 잡히다 못해 곪아서 고름이 터져 나왔다. 아줌마는 학교에 출근하니 낮에 아이가 얼마나 힘든지 잘 몰랐다. 밤에는 조금 아물다가도 아침에 아이를 업으면 상처가 다시 터져 바늘로 쿡쿡 찌르는 듯 아팠다. 그래도 너무나 좋은 아줌마에게 도움이 되고 싶어서 눈물을 뚝뚝 흘리며 아이를 업고 다녔다.

이렇게 일 년 넘게 고생하고 있는데 견디다 못한 아줌마가 말을 해주어 외할머니도 이 사실을 알게 되었다. 놀란 강석순은 당장 쫓아와 손녀를 끌어안고 하염없이 울었다. 부산 수산대학교에 다니던 친가의 7촌 아저씨가 이 소식을 듣고는 형님 아이를 그렇게 내버려두면 안 된다며 자신의 집으로 데려갔다. 박판수에게는 6촌 동생이니 멀지 않은 사이였다. 쌀로 막걸리를 만드는 일을 금지하던 시절이라 몰래 쌀막걸리를 만들어 파는 밀주가 성행했는데 그 일을 하는 집이었다.

7촌 아저씨나 그 어머니인 밀주 집 할머니나 사람들이 모두 더없이 좋았다. 교사 아줌마와 마찬가지로, 애초에 선량한 사람이 아니라면 세상이 모두 손가락질하는 빨치산의 딸을 데리고 있지도 않았을 것이다. 부모가 빨갱이라고 구박하거나 데리고 살기 귀찮다고 욕을 하는 일은 전혀 없었다. 특히 7촌 아저씨는 현희를 너무너무 귀여워해주었다.

밀주 집은 바빴다. 밀주를 만들어 여러 식구가 먹고살아야 하니 다들 정신없이 일했다. 이런 현희에게는 아무도 일도 시키지 않았지만, 다들 열심히 일하니 어린 마음에 자신도 무언가 해야 한다는 부담감을 갖지 않을 수 없었다. 타고나기를 부지런한 데다 자기를 사랑하고 아끼는 사람에게 성의를 보여주고 싶은 마음이었다.

현희는 누가 시키지 않아도 새벽이면 일어나 거리로 나갔다. 전날 밤 다른 점포에서 내다 버린 타다 남은 갈탄 덩어리를 줍기 위함이었다. 석탄 한 개도 귀한 시절이라 늦게 나가면 다른 아이들이 다 주워가기 때문에 한겨울 깜깜한 새벽에 나가 어둠 속을 헤매고 다녔다. 밤이 되면 종조할머니를 따라 밀주 독이 묻힌 뒷산에 올라가 할머니를 도와주었다. 밤에 몰래 밥을 되게 해서 효모를 섞은 고두밥을 만든 다음 뒷산에 지고 올라가 산속에 깊이 숨겨 파묻은 항아리에 붓고 오는 일이었다. 할머니가 시켜서 한 일이 아니었다. 어린 마음에 스스로 생존법을 터득한 것이다.

할머니와 7촌 아저씨가 아무리 마음으로 잘해줘도 엄마를 그리는 마음은 어쩔 수가 없었다. 현희는 납작한 돌 하나를 부처님이라고 세워놓고 앉아서 엄마를 나오게 해 달라고 빌고 또 빌었다. 아침저녁으로 가짜 돌부처 앞에 무릎 꿇고 앉아 손바닥을 비비며 기도할 때면 엄마, 아버지, 동생에 대한 그리움이 사무쳐 가슴이 찢어질 것만 같았다.

남과 북을 합쳐 3백만 명이 숨져간 3년 전쟁 직후였다. 다들 끔찍하게 어려운 시절이었다. 누구나 힘들게 일하면서도 하루 세 끼 먹고살기가 어려웠다. 종조할머니나 아줌마, 아저씨는 나이도 어린 여자애가 시키지 않아도 새벽같이 일어나 악착같이 석탄을 주워 오고 고두밥 일도 따라다니는 걸 무척이나 대견스러워했다. 맛있는 것이 있으면 누구보다 먼저 챙겨주고 옷도 따뜻하게 해 입혔다.

하지만 현희가 고생을 사서 하면서 잘 보이려 노력한 것은 공부를 하고 싶어서였는데 종조할머니는 공부를 시켜주지 않았다. 돈이 아까워서가 아니었다. 계집애가 공부해서 똑똑해져 봐야 제 부모처럼 빨갱이가 된다고 생각했다. 어른들은 하나를 말해주면 열을 알아듣는 현희를 천재라고 부르며 귀여워했다. 그것이 더 문제였다. 할머니는 현희가 너무 똑똑한 데다 눈매도 제 아버지와 똑같은 게 공부시키면 반드시 빨갱이가 될 거라고 공부의 '공' 자도 꺼내지 못하게 했다.

현희는 열심히 일했으나 같은 나이 다른 아이들은 벌써 국민학교 2~3학년에 다니는데 한글도 모르는 자신이 그렇게 부끄러울 수가 없었다. 이때 그녀를 도와준 이가 할머니의 아들, 바로 7촌 아저씨였다. 7촌 아저씨는 성품이 따뜻하고 지적인 젊은이로, 어머니를 설득해서 현희를 학교에 넣어주려고 여러 번 말다툼까지 했으나 도무지 말이 통하지 않자 현희를 근처 야학에 넣어주었다.

야학은 정식으로 인가받은 학교가 아니고 밤에만 모여서 한글을 배우는 일종의 공민학교였다. 어린애들은 다 학교에 다니므로, 나이는 많지만 공부시기를 놓친 어른들이 수강생이었다. 어린애는 현희 혼자였다. 그래도 공부 욕심에 부끄러운 줄도 모르고 열심히 따라가니 금방 한글은 깨칠 수 있었다. 글을 읽을 수 있게 되니까 얼마나 좋은지 몰랐다.

그러나 종조할머니는 야학에 다니는 것조차 반대했다. 배우면 빨갱이가 된다는 두려움에다가 빨갱이 딸인 게 알려지면

순경이 찾아와 밀주 일도 못하게 할 거라는 우려 때문이었다. 겨우 한글의 기초는 배웠으나 맞춤법이며 문법을 제대로 배우지 못해 제 이름 석 자와 기본 문장밖에 쓸 줄 모르는 상태에서 야학도 때려치우고 말았다.

종조할머니가 밉지는 않았다. 배우지 못하게 하는 것 빼고는 아무 차별 없이 한 식구처럼 따뜻하게 대해주는 종조할머니가 늘 고마웠다. 그래서 더 열심히 일했다. 춥고 어두운 새벽에 일어나 석탄을 줍고, 낮에는 잔심부름을 하다가 밤이 되면 뒷산 술독 일을 하러 따라 나갔다.

한편, 하태연은 감옥생활을 한 지 2년이 넘어서야 처음으로 아들의 얼굴을 볼 수 있었다. 유치장에서 경기가 나도록 우는 녀석을 강제로 떼어 보내고 처음 만나는 것이었다. 큰어머니 손을 잡고 특별면회를 하는데 여섯 살 된 아들은 엄마를 잘 몰라보고 쭈뼛쭈뼛했다.

하태연은 자기도 모르게 아들을 껴안아 무릎에 앉히고는 가슴을 열어 젖을 먹이려 했다. 산에 있을 때 바위틈에 숨으면 아이가 소리를 내지 않도록 젖을 물렸던 습관 때문에 무의식적으로 들이댄 것이다. 깜짝 놀란 것은 준환이었다.

"나 젖 안 먹어요!"

문산성당에서 오랜만에 아버지를 만나고서도 '아버지가 아니라 인민군이구만' 하며 고개를 돌리던 당돌한 아이였다. 엄마가 갑자기 젖을 들이대니 놀라 소리치며 면회실을 뛰쳐나

갔다.

하태연은 아이들이 못내 걱정되어 잠을 이룰 수가 없었다. 현희는 그래도 똑똑하고 야무져 조금 덜하였지만 아무것도 모르는 어린 아들을 생각하면 가슴이 찢어지는 것 같았다. 생각 끝에 김영순에게 부탁하면 아이들이 어떻게 사는지 알 수도 있고 뒷바라지도 할 수 있지 않을까 싶었다. 동산리 시댁에 살던 김영순은 하태연과 함께 여성동맹 일을 한 것 때문에 고초를 겪고 진주에 있는 어머니 집으로 들어가 있었다. 주소도 알 수 없었다. 성이 양씨인 형무소 간수에게 연락을 부탁하기로 했다.

박판수는 이 무렵 청주형무소로 이송되어 있었다. 양 간수는 서신검열과에 있었는데, 박판수와 하태연 사이에 오가는 편지를 검열하였다. 그는 두 사람이 주고받는 편지를 읽어보면서 개인적으로 깊이 감동을 받아 평소 하태연에게 친절하게 대했다. 두 사람의 깊은 학식과 인품, 조국에 대한 뜨거운 애정에 감동한 것이다. 하태연이 집에서 보낸 약이며 음식을 받을 수 있었던 것도 양 간수의 덕이었다.

어느 날, 김영순이 진주의 어머니 집에 있는데 형무소 간수복을 입은 사람이 자전거도 없이 터벅터벅 걸어 찾아왔다. 양 간수였다. 그는 김영순임을 확인하고는 하태연을 아느냐고 물었다. 깜짝 놀란 김영순은 겁에 질려 말도 못하고 고개만 끄덕였다. 양 간수는 하태연 씨가 면회를 와 달라고 부탁한다는 말을 전했다.

그러나 김영순은 면회를 갈 수가 없었다. 너무 무서웠다. 박판수 내외가 입산한 후 몇 번이나 경찰서에 불려가 그들과 무슨 일을 했느냐고 심문을 받은 적이 있었다. 그녀를 가르쳤던 교사의 도움으로 경찰이 심하게 강압하지는 않았고, 아이를 돌봐준 일밖에 없다고 진술해 구속은 면할 수 있었으나 다시는 생각하고 싶지도 않았다. 하태연에게 면회를 가면 경찰 기록에 올라 또다시 끌려가 조사를 받을지도 모른다고 생각하니 겁이 나서 도저히 갈 수가 없었다.

양 간수는 그 뒤로 한 번 더 찾아왔다. 그는 죄수도 다 같은 죄수가 아니라며, 박판수 내외는 참 대단한 부부라고 칭찬했다. 박판수가 하태연에게 보낸 편지 한 구절을 들려주기도 했다. '환경의 지배를 받지 말고 환경의 지배자가 되라.'라는 글귀였다. 참 훌륭한 사람들인데 시대를 잘못 만나 저 고생을 한다면서 양 간수는 김영순에게 면회 가기를 권하고 돌아갔다.

끝내 김영순은 면회를 가지 못했다. 얼마 후 결혼했는데 남편이 공산당을 극도로 미워하는 사람이라 면회는 더욱 꿈도 꿀 수 없었다. 그녀는 평생을 두고 하태연의 애타는 호소를 들어주지 못하고 면회를 가지 않은 생각만 하면 죄스러웠다. 하지만 김영순뿐만 아니라 좌익수에게는 누구도 함부로 면회를 가지 못하던 시절이었다. 면회 가는 것 자체를 반역으로 간주하여 경찰의 감시 대상에 오르니 어쩔 수 없었다.

이 무렵 시아버지 박도원으로부터 온 편지는 하태연의 가슴을 더욱 아프게 했다. 감정을 드러내지 않도록 엄격히 훈련받은 유학자였지만 박도원은 감옥의 며느리에게 보낸 편지에서 애끓는 심정을 감추지 않았다. 아끼던 장손을 잃은 데다 둘째 아들과 며느리를 차가운 감방에 보낸 한을 '하늘도 무심하고 땅도 무심하고 산천초목이 다 무심하다.'라고 표현하면서 구구절절 탄식했다. 그리고 손자 준환이가 많이 아파서 온몸에 부스럼이 났다고 알리며 네 자식을 위해서라도 빨리 나오기를 바란다고 썼다.

화선지에 붓으로 쓴 편지였다. 그런데 글씨가 번진 자국이 있었다. 노인이 울면서 편지를 쓴 것이다. 눈물로 얼룩진 시아버지의 편지 위에 하태연의 눈물이 떨어졌다. 어린 아들에 대한 그리움과 함께 비통해하는 시아버지의 마음에 더욱 가슴이 아팠다. 하태연은 준환이만 생각하면 피가 다 마르는 것 같았다.

# 9. 끝나지 않은 전쟁

1953년 7월 27일, 이북과 미국 사이에 휴전협정이 발효되면서 중부전선의 포성은 멈추었다. 지리산 일대의 빨치산 투쟁은 이후에도 한동안 계속되었으나 빠르게 소멸하여갔다.

끝내 통일을 이루지 못한 채 또다시 분단을 맞이한 남과 북은 한민족 5천년 역사 그 어느 시대에도 존재하지 않았던 무서운 증오심의 포로가 되어 있었다. 세계사적으로도 유례가 드문 동족 간의 처참한 학살극은 당사자들이 죽지 않는 한 영원히 해소될 수 없는 깊은 상처로 남았다. 가혹한 식민통치에 시달리던 일제강점기에서 벗어난 지 10년도 안 되어 남과 북 주민은 뼈저린 증오심과 불신으로 서로를 죽여야만 하는 대립관계가 되었고, 세월이 가도 그 골은 깊어만 갔다.

박판수는 휴전이 성립될 무렵 청주형무소에서 대전형무소로 이감되었다. 대전형무소에는 상당히 많은 정치범이 수용되어 있었다. 스스로는 정치범이라 하였으나 형무소 측은 사상범 혹은 빨갱이라고 불렀다. 빨치산 투쟁을 하거나 인공을 위해 부역한 이들은 사회적으로는 물론 형무소 안에서도 완전히 격리되어 있었다. 간수는 물론이요 일반 재소자도 이들을 가까이하려 하지 않았다. 개중에는 이들을 존경하는 사람도 있었으나 보통의 간수와 재소자는 이들과 대화를 나누는 것조차 꺼렸다.

정치범이든 일반사범이든 재소자에 대한 처우가 형편없던 시절이었다. 대전형무소에서는 재소자의 식사와 생활을 관리하는 계호과장이란 자가 부식을 빼돌려 자기 집에서 돼지와 닭을 키웠다. 쌀이 귀한 시절이라 다른 간수도 온갖 방법으로 빼돌려 재소자에게는 형편없는 음식을 제공했다.

이는 전쟁 직후의 가난과 혼란에도 원인이 있었으나 근본적으로 이승만 정권 자체가 부패하고 무능한 데 기인하였다. '뭉치면 살고 흩어지면 죽는다.'는 구호를 내세워 돈 많은 친일매국노와 손잡고 정부를 세운 이승만은 경제발전이나 민주주의는 소홀히 하고 권력유지에만 신경을 썼다. 6·25전쟁이 나기 전에는 사흘이면 평양까지 점령할 수 있다고 큰소리치며 북진 통일을 선동하더니 막상 인민군이 밀고 내려오자 한강다리를 폭파하고 도망친, 뻔뻔하고 무능력한 지도자였다. 이런 대통령 밑에서 일하는 공무원들이 부패하고 무능한 것은 당연했다.

몸은 비록 갇혀 있었으나 정치범들은 이승만과의 투쟁을

멈추지 않았다. 감옥에서 그들이 할 수 있는 일은 모두 다 하려고 애썼다. 가장 가깝고 손쉬운 일이 재소자의 처우개선을 위해 싸우는 일이었다. 지켜지지 않고 있는 재소자 처우에 대한 법률을 지키도록 요구하며 온갖 폭력을 무릅쓰고 앞장서서 싸웠다. 그러다 보면 일반수도 자연히 좌익수에 대한 인식을 바꿔갔다. 다른 형무소에서도 마찬가지였다. 정치범이 앞장서지 않으면 일반사범은 감히 형무소 측에 항의할 엄두를 내지 못했다. 박판수를 포함한 정치범들은 집단행동이나 단식으로 수도 없이 소내투쟁을 벌였다.

수감된 좌익수를 사상적으로 단련시키는 것도 감옥에서 할 수 있는 일이었다. 좌익활동으로 구속되었다고 해서 모두가 노동당원도 아니거니와 사상에 철저하지도 않았다. 형무소마다 사정이 다르기는 했지만 대부분의 감옥에서 조직 활동과 학습이 이루어졌다. 국내외 정세를 교환하고 사상학습을 통해 이탈을 막는 것이 기본적인 목표였다.

대전형무소의 경우는 더 조직적이고 체계적으로 이루어졌다. 대전형무소의 정치범 중 몇몇 사람이 조선노동당 특수세포를 조직하기로 결의한 것은 휴전협상이 끝나고 반년쯤 지난 후였다. 이들은 서로 정보를 교환하고 사상학습을 강화해 이승만 정부의 전향공작에 맞서는 것을 일차적인 목표로 두었으나 궁극적으로는 폭동을 일으켜 전원 탈옥하는 것이 목적이었다. 이들에게 전쟁은 아직 끝난 것이 아니었다.

극도의 보안이 필요한 데다 서로 만나 이야기하기가 어려운 상황에서 조직 작업은 느리게 진행될 수밖에 없었다. 1954년 1월 초순경 형무소 제2사동에서 시작된 조직은 한 명씩 늘어나 7월까지 박판수 등 십여 명이 가담했다. 이들은 7월 초순 대전형무소 안 제4공장에서 대전형무소 특수지도부, 별칭 리드부를 결성하고 직책과 부서를 정했다. 박판수는 지도위원이 되어 제4공장을 책임졌다.

이때부터 탈옥시기를 포착하기 위하여 국내외 정치정세에 관한 정보를 교환하는 한편, 각 감방에 수용된 사상범들에게 노동당 강령, 모택동의 자유주의 배격 11훈 및 당 생활준칙 등을 퍼뜨려 투쟁의지를 다졌다. 또한, 이북에서 송출되는 방송을 청취할 목적으로 단파라디오 수신기를 구입하기 위해 8천환을 갹출했다. 이 돈으로 형무소 화부로 일하는 일반수를 매수해 그의 아버지에게 라디오를 사서 들여보내도록 하였다.

그런데 이 과정에서 초기 지도부가 제대로 조직원을 이끌지 못했을 뿐만 아니라 주도권 다툼까지 벌어지면서 총지도책이 스스로 사퇴하고 말았다. 이에 조직원들은 박판수를 두 명의 총지도책 중 한 명으로 선출했다. 10월 초순의 일이었다.

충청도 출신의 정치범과 함께 노동당 대전형무소 총책이 된 박판수는 우선 7개 공장과 외역책, 영성책으로 이루어져 있던 조직 구조를 3개 블럭으로 개편했다. 그리고 자신은 총책 겸 제3블럭의 책임자가 되었다. 제3블럭은 제4공장, 제7공장, 외역책, 영성책 등을 통괄하는 부서였다.

조직을 정비한 박판수는 권범채 등과 모의해 극비리에 봉기 계획을 세우고 조직원들에게 이를 위한 도구를 제작하거나 수집할 것을 지시했다. 형무소 내 철공소 등지에서 만들거나 몰래 빼낸 도구는 톱날 2개, 감방 열쇠 3개, 출입구 열쇠 4개, 단도 3개 등이었다.

이때 경찰 기록에는 99식 소총과 엠원 소총 한 자루씩을 확보했다고 되어 있고, 경찰이 이를 다른 정치범에게 보여주기도 했다. 그러나 다른 증거품과는 달리 총기 구입 경로에 대해서는 일체 기록이 남아 있지 않다. 더구나 사건 당사자들이 모두 사망해 진짜 총기를 구입한 것인지, 아니면 경찰이 사건조작을 위해 끼워 넣은 것인지는 확인하지 못했다.

봉기 일자는 1955년 1월 하순으로 정했다. 그런데 거사는 엉뚱한 일로 발각되고 말았다. 정치범들이 한 방에서 학습을 하는데 한 사람이 다른 사람에게 태도가 불량하다며 목침을 던졌고 화가 난 사람이 간수를 부르는 패통을 쳐서 계호과에 불려가 탈출계획을 밀고해버린 것이다. 나중에 어떤 책에는 '몸집이 우람한 박판수라는 사람'이 목침을 던져 밀고가 일어났다고 실리기도 했는데 이는 다른 사람을 오인한 것이다. 박판수는 키 167센티미터에 몸무게가 53킬로그램에 불과한 깡마른 체격이었다. 박판수의 방이 아니라 다른 방에서 터진 사건인데 엉뚱하게 기록한 것으로 보인다.

형무소에서 집단탈출 기도는 최고의 비상사태였다. 1,700여 명 수감자 전원에 대한 대대적인 수사가 시작되었다. 특히 선별된 200여 명의 정치범은 독방에 따로 분리 수감되어 혹독한 조사를 받아야 했다.

간수와 경찰들은 우선 2백여 정치범의 이불과 모포, 내복 등 모든 의류를 몰수해 영하 10도가 넘는 혹한에 푸른 죄수복 한 장만 입히고 온종일 독방에서 추위에 떨게 만들었다. 또한 20여 일 동안 잠을 재우지 않고 극심한 고문과 구타를 가했다. 나무 몽둥이로 의식을 잃을 정도로 두들겨 패고 독한 연기를 코에 피워 피를 토하게 만들었다. 머리가 몇 센티미터씩 찢어지고 찬 바닥에서 추위에 시달리다 하반신 불구가 된 사람도 있었다. 따귀를 맞아 고막이 터지거나 얼굴이며 온몸에 상처를 입는 일은 예사였다.

이백 명을 한꺼번에 고문할 수는 없어 차례로 고문을 하는데 남은 사람은 방 가운데 앉히고 움직이지도 졸지도 못하게 감시했다. 잠깐이라도 졸았다가는 감옥 문이 열리고 간수들이 우르르 쏟아져 들어와 몽둥이세례를 퍼부었다. 박판수도 세 차례나 모질게 두들겨 맞았다.

등 뒤로 수갑을 채운 채 풀어주지 않아 던져준 밥을 개밥 먹듯 입으로 주워 먹고, 옷을 벗지 못해 대소변을 그대로 싸기도 했다. 너무 추워 바닥에 깔린 가마니를 허리에 둘렀다가 발각되어 명령 위반이라고 머리를 식구통에 내놓고 구둣발로 10

차례나 걷어 채인 사람도 있었다. 밤낮없이 계속되는 참혹한 고문에 이 방 저 방에서 터져 나오는 단말마의 비명은 지옥을 연상케 했다.

간수와 경찰들은 온갖 협박과 회유를 가했다.

"너희들 때려죽여도 병사했다는 보고서 한 장이면 그만이다."

"매 맞아 죽지 말고 안 했어도 했다고 해라."

"공모한 사실이 없어도 있다고 하고 징벌받고 말아라. 왜 맞아 죽으려 하느냐?"

"죄수를 또 징역 줄 이유가 없으니 사실이 없어도 있다고 해라."

연일 계속되는 혹독한 고문은 몇 사람이나 죽음으로 몰아넣었다. 고문을 견디지 못한 서장원은 소독약을 먹고 자살해 버렸으며 여러 명의 죄수가 고문 후유증으로 사망했다. 강우형은 정신착란을 일으키기도 했다.

최고책임사인 박판수에 대한 고문은 그중에서도 최악이었다. 그는 형무소, 경찰, 검찰, 군보안대 등 네 곳에 교대로 불려나가 고문이란 고문은 다 당해야 했다. 5일간 전혀 먹지 못한 채 잠 한 숨 못 자고 매를 맞기도 했다.

하지만 박판수는 자기 입으로는 한마디도 불지 않았다. 또 다른 총책인 충청도 출신은 처음부터 포기하고 경찰이 시키는 대로 진술해 걸상에 편안히 앉아 조사를 받았지만, 박판수는 고문으로 생명이 오락가락하도록 고초를 겪는데도 부인으로 일관했다. 오죽하면 간수들조차 '559번은 정말 명이 질기다.' '사람같이 모진 것 없다.'고 말할 정도였다.

박판수는 온종일 끔찍한 고문을 당하고 밤이면 뒤로 수갑을 찬 채 감방에 돌아오는데 자기 입으로는 한마디도 불지 않았다는 데 자긍심을 느껴 소리쳐 만세를 부르기도 했다. 나중에는 간수부장까지 박판수는 대쪽이요, 충청도는 물러서 못쓴다고 말하기도 했다.

박판수뿐만 아니라 여러 사람이 범행 사실을 부인해 혹독한 고문을 당했으나 결국 사건의 전모는 속속들이 드러났다. 검찰은 19명이 탈옥을 시도한 것으로 결론짓고, 전원 국가보안법 위반으로 3년부터 무기징역까지 추가 구형했다. 박판수는 15년을 구형받았다.

최종심은 박판수에게 19명 중 최고형인 5년을 언도했다. 공범 중 최고형이었다. 법원은 다른 5명에게는 징역 3년에서 10월을 언도하고 나머지는 추가 형량 없이 사건을 종결지었다. 박판수의 형량은 애초의 15년에서 20년으로 늘어났다.

대전교도소가 발칵 뒤집힌 시간에도 진주형무소의 하태연은 남편에게 일어난 사건에 대해 전혀 모른 채 8년의 수감생활을 보내고 있었다.

진주형무소에는 여자 죄수가 50명가량 수감되어 있었다. 대부분 잡범이었다. 사상범이라도 중요인물은 없고 가족이 보도연맹에 죽자 분을 못 이겨 인민군에 협조했거나 이남 정부를 못마땅하게 여겨 비판 한마디 했다가 체포된 시골 여인네들이었다. 고등학교 나온 처녀도 들어왔는데 많이 살아야 2~3년 만에 나가고 나니 보통학교밖에 나오지 않은 그녀가 제일 유식한 축에 속했다. 일반수, 사상범 할 것 없이 한글도 제대로 아는 이가 몇 안 되었다. 호랑이 없는 골짜기에 토끼가 선생 노릇 한다고, 하태연은 이들에게 한글과 구구단을 가르치며 시간을 보냈다.

진주형무소 생활 6년째이던 1956년, 뜻밖에 서대문형무소로 이감을 가게 되었다. 전혀 연고도 없는 서울로 이감된 것은 이 무렵 시작된 사상전향 공작 때문이었다. 자신들과 싸우다가 옥에 갇힌 사람에게 반성문을 요구하고 자기 사상을 배신할 것을 강요하는 것은 독재정권만이 할 수 있는 비인도적인 행위였다. 그러나 이승만 정권은 '인도주의'라는 이름으로 사상전향을 강제하기 시작하였다.

서대문형무소에 이송되었을 때 하태연의 나이는 31살, 성숙한 아름다움으로 한창 빛날 때였다. 서대문에 수감되어 있던 여성정치범들은 눈부시게 아름다운 그녀가 입감하자 웬 진주기생이 들어왔느냐고 놀렸다. 경남 북부지구당 위원장의 아내이자 진성면 여맹위원장이라는 사실이 알려지고도 한동안 진주기생이라는 별명으로 불렸을 정도였다. 동료들은 아름다우면서도 근엄한 표정에 묘한 미소가 매력적인 그녀에게 모나리

자라는 별명을 붙여주었다.

이송되고 보름쯤 지나니 전향 심사가 시작되었다. 서대문형무소뿐 아니라 전국 형무소마다 장기수를 모아놓고 사상전향을 강요하기 시작하였다. 전향을 한다 해서 형량을 줄여주는 것도 아니면서 전향을 거부하는 이들은 따로 분리 수용해 혹독한 감옥살이를 시켰다.

하태연은 완강히 전향을 거부했다. 민족해방과 자주통일을 위해 투쟁한 것이 왜 잘못이냐고 항의했다. 민족통일과 민주주의가 대한민국의 국시라면서 그걸 위해 싸운 사람에게 전향하라는 것은 모순 아니냐고 따졌다. 법무부는 그녀를 비전향 장기수로 구분했다.

서대문형무소 내의 여성 정치범 중 전향 거부자는 그녀를 포함해 30여 명 정도였다. 형무소 측은 이들을 전향자와 분리해 본래 남자 죄수 사동인 3사에 방 두 개를 비워 몰아넣었다. 이들을 비롯해 전향하지 않은 장기수는 이때부터 비전향 장기수로 불리게 된다.

서대문형무소 여성 정치범들의 의식 수준은 진주형무소와는 판이했다. 대부분 일제강점기에 고등보통학교나 전문대학을 나와 항일운동부터 시작한 애국지사였다. 젊은 처녀도 몇 있었지만 하나같이 고급 지식인들이었다. 호랑이 없는 진주 골짜기에서 토끼가 선생 노릇을 하다가 진짜 호랑이들을 만난 셈이었다.

여성 비전향 장기수들은 사상적으로나 생활에 있어서나 철두철미했다. 매일 아침 일어나 세수를 하고 나면 다 같이 둘러앉아 시 한 수를 외우고 하루를 시작했다.

"천 년 가물어도 물 마를 줄 모르는 천지폭포수의 절개와 더불어 나는 살아가리다. 기다려 살아가리다."

암송이 끝난 후에는 머리를 맞대고 앉아 사회과학 공부를 했다. 사회과학 서적은 반입이 되지 않았지만 사람들 머릿속에 그 내용이 다 저장되어 있었다. '공산당선언'을 처음부터 끝까지 외우는 여성도 있었다.

서대문형무소에서 보낸 2년은 하태연에게 두고두고 의미 있는 시간이었다. 그녀는 서대문 시절이 평생 누리지 못할 행운의 시간이었다고 말하곤 했다. 밖에서 아무 일도 못 하고 들어와 징역을 사는 게 부끄럽기도 하고 미안하기도 하여 더 열심히 공부하고 토론했다. 진주형무소에서 보낸 시간이 아까울 지경이었다.

꿈같은 일도 일어났다. 어느 날, 여간수가 감방 문 앞으로 오더니 박판수 씨가 누구냐고 묻는 것이었다. 남편이라고 대답하니 면회를 시켜준다고 나오라고 했다. 꿈인가 생시인가 싶었다. 두근거리는 가슴을 안고 따라가 보니 계호과 사무실이었다. 정말 남편이 있었다. 몸은 전보다 말랐으나 눈빛만큼은 여전히 매섭게 반짝거렸다. 얼마나 반가운지 몰랐다. 주위 시선을 의식하면서 손을 내밀어 악수했다.

박판수가 서대문형무소로 이감된 것은 대전형무소 탈옥사건의 재심 재판을 받기 위해서였다. 자세한 이야기를 나눌 상황이 아니었음에도 하태연은 대전에서 무언가 큰 사건이 터졌다는 걸 직감할 수 있었다. 그 와중에도 남편이 무사히 살아 씩씩한 얼굴로 환히 웃으며 자기를 반겨주니 헤어졌던 사랑을 다시 만난 기쁨으로 가슴이 터질 것 같았다.

박판수는 서대문형무소에 있는 동안 항소재판이 끝나 추가 5년 형이 확정되었다. 그리고 하태연은 그해 겨울 비전향으로 출소했다. 체포 8년 만인 1958년 12월 4일이었다.

# 10. 가족

부모가 감옥살이를 하는 동안 두 아이 역시 힘겹게 살아가고 있었다. 부모는 그래도 동지와 함께였지만 오누이는 서로 만나지도 못한 채 외로운 남의 집 생활을 하고 있었다. 어른들이 아무리 잘해준다 해도 몸은 힘들고 마음은 항상 한겨울 들판에 서 있는 것처럼 춥고 외로웠다.

현희는 어머니가 감옥에서 나오기 두 해 전쯤 종조할머니 집을 나와 동산리 할아버지 집에 들어가 있었다. 이 무렵 큰아버지 식구들은 부산으로 이사 가고 고향 집에는 할아버지와 어린 동생 준환, 그리고 사촌 언니만 살고 있어 함께 살도록 보낸 것이었다.

시골집에서 초등학교 2학년에 다니고 있던 준환은 누나가 나타나자 너무 좋아서 심장이 터질 것만 같았다. 준환은 겨우 말을 배울 무렵부터 식구들과 헤어져 동산리 집에 살면서 외로움에 병이 들어 있었다. 큰집 식구 중에는 사촌 형 박인환이 남달리 잘해주었을 뿐, 다른 식구들은 신경을 써주지 못했다. 타고나기를 약한 데다 어려서 귀하게 자라 입맛이 까다로운 준환에게 맞춰 맛있는 밥을 해 먹일 사람도 없었다. 몸은 갈수록 더 약해지고 마음의 병으로 말수까지 줄어버렸다. 할아버지가 아무리 따뜻하게 대해주고 외지에서 학교에 다니던 사촌 형이 가끔 집에 올 때마다 팽이도 만들어주고 한글도 가르치며 다정하게 대해도 부모와 떨어진 아이의 외로움을 달랠 수는 없었다.

준환은 할아버지나 사촌 형 외의 사람들과는 거의 말을 하지 않고, 학교도 잘 가지 않았다. 혼자서 논두렁에 숨어 뱀이나 개구리를 잡으러 다니며 마음의 문을 닫고 살았다. 이유는 알 수 없었지만 이상하게 뱀 잡기를 좋아해 사람들이 뱀을 보면 준환이를 부를 정도였다. 그러던 차에 누나가 찾아온 것이다.

현희는 약해질 대로 약해진 채 거의 벙어리처럼 말문을 닫고 살아온 동생을 보니 어린 마음에도 가슴이 찢어지는 것처럼 아팠다. 너무나 안쓰러워 더러운 몸을 씻겨주고 안아주고 재미있는 말을 해 웃기려 애를 썼지만 마음속에는 피멍이 들어버렸다. 원인이 무엇이든 간에 그 귀엽던 동생이 이 꼴이 된 데 대한 원망이 마음에 큰 상처가 되어버렸다.

늙고 병든 할아버지는 헤어졌던 손녀가 오니 반갑고도 안타까운 마음에 눈물을 흘렸다. 외로움에 병든 손자 준환에게 유난히 애착을 갖고 돌봐주던 할아버지는 어디선가 외롭고 힘들게 살아갈 손녀 현희를 항상 걱정하고 있었다. 그러나 이제는 그 자신이 늙고 병들어 손자들의 보조를 받아야 할 형편이었다.

현희는 남의 집을 떠돌며 어렵게 살았어도 천성이 밝고 명랑해 조용하기만 했던 시골집은 금방 활기가 넘쳤다. 하지만 겉으로는 활달해 보여도 마음속에는 동생에 대한 안타까움과 부모님에 대한 그리움으로 늘 눈물을 흘리고 있었다.

쌀이 귀하던 시절이라 밥을 할 때면 조선 솥에 꽁보리밥을 하면서 한쪽에만 쌀을 약간 넣어 할아버지께만 퍼 드렸다. 밥을 도맡아 하던 현희는 밥이 익을 때면 솥뚜껑 여는 소리가 나지 않도록 행주를 솥 가장자리에 받쳐놓고 몰래 솥뚜껑을 열어 뜨거운 쌀밥을 표시 나지 않게 모아 주먹밥을 만들었다. 그리고 준환이를 불러 뒤란 대나무밭으로 데리고 가 먹으라고 주곤 했다. 철없는 준환은 생전 먹어보지 못하던 쌀밥을 먹는 게 좋아 그걸 들고 마당에 내려가 식구들에게 자랑하려 했다. 현희는 야단을 쳐서 못 내려가게 하고 그 자리에서 다 먹는 걸 지켜보았다.

동생을 데리고 동네 친척들 집에 놀러 가면 고구마나 감자를 쪄서 하나씩 나눠주는데 현희는 동생한테 자기 몫까지 다 먹이고 싶었다. 그 자리에서 주면 어른들 눈치가 보이니 먹는 시늉만 하고 몰래 주머니에 넣어두었다가 돌아오는 길에 꺼내 먹였다. 깜깜한 산길도 동생하고만 있으면 무섭지 않았다.

어느 날은 동네 여자아이들과 밭두렁에서 쑥을 캐는데 누가 와서 준환이가 옛 하인 집 할머니에게 매를 맞았다고 알려주었다. 쑥 캐던 칼을 그대로 들고 하인 집으로 달려갔다. 얼마나 빨리 뛰었는지 모른다. 그 집에 들어가자마자 가쁜 숨을 몰아쉬며 왜 내 동생 때리느냐고 마구 달려들었다. 종도 하인도 사라진 지 오래였지만, 하인에게는 어른 아이 할 것 없이 반말을 써도 된다고 생각하던 시절이었다. 이유는 알 필요도 없었다. 감히 하인이 주인을 때렸다고 대드니까 옛날 하인이던 할머니는 잔뜩 화가 나서 야단쳤다.

"네 아버지도 사각모를 쓰고 와서 내게 어른 대접했는데 어린 것이 이렇게 대들다니 네 아버지 욕 먹이는 짓이다."

현희는 아버지가 일본유학 시절 집에 돌아오는 길에 하인 집에 먼저 들러 인사를 했다는 사실을 그제야 알게 되었다. 어린 마음에도 아버지 욕을 먹인다는 말에 갑자기 무안해져 머쓱하게 돌아오고 말았다.

그런데 하인 할머니는 할아버지에게 쫓아와 손녀가 칼을 들고 왔다고 고자질했다. 쑥 캐던 칼이라 들고 갔을 뿐인데 마치 찌르려고 들고 간 것처럼 오해하니 여간 속상하지 않았다. 손녀의 마음을 아는 듯 할아버지는 크게 야단치지 않았다.

얼마 후 할아버지는 완전히 쇠약해져 거동을 못하게 되었다. 사촌 언니와 현희가 돌봐 드리는 데도 한계가 있었다. 밥을 먹여 드리는 일은 그런대로 할 만했는데 추운 겨울 얼음을 깨고 배설물이 묻은 핫바지를 빠는 일은 너무 힘들었다. 역겨운 냄새에 구역질을 참아가며 찬물에 기저귀를 헹구다 보면 손가락은 새빨갛다 못해 까맣게 얼어 대바늘이 콕콕 찌르는 느낌이었다. 손등은 다 갈라지고 터져서 논바닥처럼 새까만 핏덩이가 되었다. 얼마나 서럽고 괴로웠는지 모른다. 고아 아닌 고아가 되어 산속 외딴집에서 비참하게 살아가는 동생과 자신의 처지를 생각하며 울기도 많이 울었다.

할아버지 병세가 심각해지자 부산 큰어머니가 돌아와 할아버지 수발을 들었으나 결국 할아버지는 돌아가시고 말았다. 장례를 치른 후 준환이는 부산의 큰아버지 댁으로, 현희는 다시 종조할머니 집으로 돌아가야 했다.

다시 동생과 헤어지는 것이 그렇게 서러울 수가 없었다. 헤어지던 날 큰어머니를 붙잡고 몇 번이나 말하고 또 말했다.

"큰엄마, 우리 준환이 잘 돌봐주세요. 제가 크면 좋은 양단 치마저고리 꼭 해 드릴게요. 우리 준환이 잘 봐주세요."

눈물이 앞을 가리고 울음으로 말이 나오지 않는데도 큰어머니에게 몇 번이고 양단 옷을 해 드릴 테니 동생을 잘 보살펴 달라고 다짐을 받았다.

하태연이 서대문형무소에서 석방된 것은 두 아이가 다시 헤어진 지 일 년이 안 되었을 무렵이었다. 만 8년 만에 나온 세상이었지만 눈에 들어오는 것은 오로지 두 아이뿐이었다. 곧바로 부산 큰집에 내려가 아들부터 찾았다.

농촌에서 부자로 살던 양반 출신이 도시로 나오면 지물포를 하는 경우가 많았다. 구멍가게나 식당처럼 부산을 떨지 않고 점방에 들어앉아 점잖게 한지를 파는 일이 양반 출신에게는 격에 맞는다고 생각했기 때문이다. 박봉윤도 빨갱이 집안이라고 감시를 받느니 논밭을 팔아 부산에서 지물포를 하기로 했다. 그런데 전 재산을 싣고 부산으로 가던 중 트럭을 도둑맞고 말았다. 도중에 트럭을 세워두고 식당에서 밥을 먹고 나오니 운전사가 트럭을 몰고 달아나버린 것이다. 트럭에는 소중한 세간뿐만 아니라 전답을 판 돈까지 실려 있었다. 남의 눈에 띄지 않게 된장 항아리 깊숙이 돈을 묻어두었는데, 트럭을 훔쳐가면서 그것까지 몽땅 가져가버린 것이다.

졸지에 알거지가 된 큰집 식구들은 지물포도 못하고 집 한 채 살 수 없는 신세가 되어버렸다. 어떻게 남은 재산을 다 팔아 어렵사리 지물포를 차리기는 했으나 돈벌이가 시원치 않아 하루하루 연명하기도 힘들었다.

자연히 큰집 아이들은 물론이고 준환이의 몰골도 엉망일 수밖에 없었다. 하태연이 석방되자마자 찾아가 보니 준환이는 엄동설한에 내복은커녕 팬티조차 없이 짤막한 홑바지를 입고 덜덜 떨면서 학교에서 돌아오고 있었다. 꽁꽁 언 자식을 부둥

켜안고 하염없이 울었다. 동서를 탓할 처지도 아니었다. 큰아들을 잃은 고통 속에서도 8년이나 준환이를 돌봐준 것만으로 미안할 따름이었다.

엄격한 선비였던 시숙 박봉윤은 감옥에서 나온 제수를 따로 살게 만들어주기는 해야겠는데 자기 식구도 건사하기 어려운 형편이니 근심이 태산 같았다. 박봉윤은 하태연을 자갈치시장으로 데려가 무엇을 할 수 있겠는가 물었다. 전국에서 제일 크고 시끄러운 어물시장이었다. 오랫동안 감옥살이를 하다가 시끄러운 시장사람들 한복판에 서 있으려니 어리둥절하기만 했다. 생존경쟁으로 치열한 상인들 틈바구니에 끼어들 엄두가 나지 않았다. 시장 외곽에서 풀빵장사를 하는 사람이 눈에 들어왔다. 풀빵 굽는 빵 틀을 하나 사주면 장사를 해보겠다고 했다.

친정에서 빵 틀 손수레에 사글셋방을 얻어주었다. 말이 대도시지, 전기도 제대로 들어오지 않던 시절이었다. 낮에도 등잔불을 켜야 하는 어두침침한 방이었다. 박봉윤은 먹을 쌀을 사다 주었다.

동산리 집에 내려가 보니 폐가처럼 버려져 있는데 시집올 때 혼수로 해 온 장미목 삼층장이 먼지를 뒤집어쓰고 있었다. 큰집이 이사를 하면서 그래도 동생 살림이라고 놔두고 가는 바람에 도둑은 맞지 않은 것이다. 부산에 가져온다 해도 삼층장이 들어갈 공간이 못 되었다. 마침 동네 사람 중에 생선 장사를 해서 돈을 번 사람이 사겠다고 해 싸게 팔았다. 돌아가신 아버지와 친정오빠가 마련해준 정성 어린 삼층장을 남에게 넘기는 마음이 얼마나 아픈지 몰랐다. 언젠가 돈을 벌면 꼭 되찾으리라 결심했다.

시숙 박봉윤은 자리를 잡을 때까지 아이들은 그냥 맡겨두라고 했으나 굶더라도 함께 굶겠노라고 마음을 먹고 방을 얻자마자 종조할머니 집에 가서 현희를 찾아오고 큰집에서 준환이도 데려왔다.

바닷바람 모진 자갈치 바닥에서 생전 해보지 않은 풀빵 장사를 하려니 모든 게 서툴렀다. 부엌일을 해보지 않은 그녀에게 음식을 만들어 파는 일은 아무래도 무리였다. 아무리 노력을 해도 풀빵이 빵 틀에 달라붙어 떡처럼 뭉개질 뿐 보기 좋게 나오지 않았다. 첫날도 둘째 날도 풀빵 한 개 팔아보지 못한 채 아까운 밀가루반죽만 버려야 했다.

풀빵 기계를 끌고 한 달을 자갈치시장에 나가봤지만 거의 팔지 못했다. 그래도 밤늦게 돌아와 두 아이를 안고 누워 있노라면 아련한 행복이 밀려왔다. 온몸이 으스러지는 한이 있어도 절대 아이들을 놓치지 않고 남편이 나올 때까지 꿋꿋이 살아가겠노라 결심하고 또 결심했다.

우선 현희를 학교에 넣는 일이 급했다. 열두 살이면 남들은 초등학교를 졸업할 나이인데 학교 문전에도 가보지 못한 현희는 한글 맞춤법도 제대로 몰랐다. 다 큰 아이를 1학년에 집어

넣을 수는 없어서 선생을 하는 친척에게 부탁했더니 3학년까지 이수한 걸로 서류를 만들어주었다.

어린 나이에 온갖 고초를 다 겪은 현희는 학교생활에도 금방 적응했다. 한글 맞춤법도 다 틀리고 산수도 거의 몰랐으나 머리가 좋아서 단답형 문제는 눈치껏 잘 맞췄다. 학교에서 아침마다 단체로 국민체조를 하던 시절이었는데 학교에 다닌 적이 없으니 체조를 본 적도 없었다. 사정을 눈치챈 착한 담임 임주이 선생이 교실 뒤로 데려가 체조를 가르쳐주어 따라 할 수 있었다.

눈치 빠르고 머리가 좋은데 저학년 때 배웠어야 할 내용을 거의 모른다는 사실이 이상해 담임선생은 특별히 신경을 써주는 한편 집안 사정을 자세히 물어보았다. 빨치산의 딸이 어떤 대우를 받는지 뼈저리게 겪은 현희는 차마 아버지가 빨치산 하다가 감옥에 있다는 말을 할 수가 없었다. 아버지는 일본유학도 다녀온 훌륭한 분인데 지금 멀리 계신다, 아버지가 돌아오면 모든 게 잘 될 거다, 라고 대답했다. 반 아이들에게도 똑같이 말했다.

동급생들은 한글도 제대로 못 쓰고 찢어지게 가난한 집 아이가 그런 말을 하니 처음에는 거짓말한다고 믿지 않았다. 그러나 하태연이 담임선생을 찾아가 모든 사실을 다 말하고, 현희도 워낙 활기차고 밝은 성격이라 청소를 하건 학예회를 하건 열심히 앞장서니 다들 좋아하게 되었다. 얼마 지나지 않아

학교에서 제일 인기 많은 아이가 되어 주변에 친구들이 바글바글했다. 하태연은 현희가 5학년을 마치자 아직 실력도 제대로 갖추지 않은 아이를 바로 중학교에 입학시켰는데 역시 잘 적응해 언제나 주위에 친구를 달고 다녔다. 스스로 터득한 생존법이었다.

두 아이는 엄마와 함께 살게 된 하루하루가 꿈만 같았다. 하태연은 깐깐하고도 철두철미한 성격에다가 감옥에서 누적된 심리불안 증세까지 있어 사소한 일에도 발끈 성을 내곤 했다. 아이들이 말을 듣지 않거나 잘못을 하면 눈물이 쏙 빠지도록 호되게 야단쳤다. 그래도 아이들은 엄마의 사랑을 마음 깊이 느낄 수 있었다. 화가 날 때 빼고는 한없이 자상하고 따뜻한 엄마였다. 온종일 시장골목에서 추위에 떨다 들어와서도 밥상을 끌어다 놓고 글이며 숫자를 가르치며 반듯하게 키우려 노력했다.

고집은 대단했다. 나무만 때고 살던 하태연에게는 제일 신기한 게 연탄이었다. 한 번 불이 붙으면 밤새 빨갛게 타는 연탄이 너무 편하고 좋았다. 그런데 풀빵을 굽지 않는 밤에도 그 비싼 연탄을 계속 태우는 걸 이해할 수가 없었다. 그녀는 저녁마다 풀빵 기계용 연탄 화덕의 연탄을 껐다가 아침에 다시 피웠다. 멀쩡히 타고 있는 연탄을 끄는 일은 폭탄을 터뜨리는 것과 같았다. 벌건 연탄에 물을 부으면 폭발하듯 수증기와 연탄재가 날려 부엌과 방까지 앞이 안 보일 정도로 가득 찼다. 아이들과 이웃사람들이 본래 연탄은 꺼지지 않도록 밤에도 계속 피워놓는 거라고 아무리 말해줘도 소용없었다. 아까운 연탄을 왜 그냥 태워버리느냐고 오히려 성을 내고 끝내 물을 부어대 저녁마다 아이들이 밖으로 튀어 나가는 소동이 벌어졌다. 아침이면 또 연탄에 불을 붙이느라 연기를 피워댔다.

아침에 다시 연탄을 피우는 것보다 밤새 연탄이 타도록 내버려두는 게 경제적이라는 것조차 이해하지 못할 정도로 고지식하고 세상 물정 모르던 그녀였지만 부모와 떨어져 고생하던 남매를 이제 자신이 먹여 살려야 한다는 일념으로 차츰차츰 장사꾼이 되어갔다.

풀빵 장사는 도무지 돈이 되지 않았다. 빵 굽는 솜씨 자체가 너무 서투르고 발전이 없어 애초에 불가능한 장사였다. 그렇다고 자본도 경험도 없이 다른 일을 하기도 막막했다. 마침 감옥에서 나온 여성 동료 몇이 편물공장에서 일을 하고 있었다. 서대문형무소에서 함께 생활했던 여성동지 한 사람이 부산의 간호대학 교수로 있으면서 조그마한 편물공장을 내고 석방된 정치범들이 일할 수 있게 해준 것이다.

석방된 여성정치범들이 편물로 생계를 잇게 된 데는 민경옥의 역할이 컸다. 민경옥은 산청군 생초면 여성동맹위원 출신으로, 경남도당 산하 노영호부대의 분대장이던 민광식의 누나이기도 했다. 동생 민광식은 결국 지리산에서 전사하고 오빠 민방식은 이북으로 올라간 사회주의자 가족이었다. 감옥에 가지 않고 살아남은 민경옥은 부산지역의 저명한 민주화 운동가인 이종률 교수 집에서 일하면서 버는 돈은 모두 정치범 뒷바라지에 썼는데 하나씩 석방되는 여성정치범들에게 편물기술을 가르쳐 간호대 교수를 중심으로 편물공장을 차리게 되었던 것이다. 이 공장에는 이호순, 박수분, 권영숙 등 옛 감방동료들이 모여 열심히 일을 하며 생계를 유지하는 한편, 감옥에 남은 여러 정치범에게 조직적인 지원을 하고 있었다.

하태연은 낮에는 편물공장에서 생산한 스웨터를 받아 팔고 밤에는 자신도 편물기술을 배우기로 했다. 우선 자본이 필요했다. 사천 친정어머니가 다시 돈 만 원을 건네 왔다. 딸이 감옥에서 나오면 장사 밑천을 대주겠다고 계를 들어 모아둔 돈이었다. 하태연은 아이들과 함께 편물공장 바로 옆으로 이사해 밤낮없이 일하기 시작했다.

옷보따리를 머리에 이고 이집 저집 돌아다니는 행상이 시작되었다. 첫날은 온종일 돌아다녀 70원을 벌었다. 하루에 40원만 있으면 세 식구 먹고는 살겠다고 계산했는데 그보다 더 버니 용기가 샘솟았다. 이제는 살았나 싶었다. 그러나 다음 날 돌아다녀 보니 40원 벌이도 되지 않았다. 물건이 안 팔리니 용기가 안 나고 어려운 어머니가 해준 만 원이 아까웠다. 그래도 쉬지 않고 온 동네를 누비고 다녔다.

선비 집 외동딸이자 양반가 막내며느리로 한껏 사랑을 받으며 성장한 하태연에게 동네방네 돌아다니며 옷 사라고 외치는 일이 그리 쉬운 일은 아니었다. 그러나 부끄럽고 창피할 때면 집에서 기다릴 아이들을 떠올렸다. 아이들에게 먹을 것 해주고 학비 낼 생각을 하면 잠시 부끄러움을 잊고 다시 용기를 내어 걸음을 옮겼다. 운 좋게 옷이 많이 팔린 날은 여장군이나 되는 것처럼 힘이 솟아 의기양양하게 집에 돌아왔다.

동네를 누비다 보니 아는 여자들도 점점 생겨났다. 주로 대연동 일대를 다녔는데 어느 곳에서나 주부들 관심사는 단연 아이들 공부였다. 그런데 학교에 다니지 못한 까막눈 여자들이 많아서 아이의 숙제를 도와줄 수가 없었다. 그런 고민을 하는 주부를 만나면 바쁜 걸음을 멈추고 공부를 가르쳐주었다. 진주형무소에서 무학 여성재소자들을 모아놓고 공부를 가르친 경험이 있던 터였다.

장사할 시간임에도 아무 사심 없이 아이들을 가르쳐주니 주부들도 고마워했다. 소문이 돌면서 그녀가 나타나면 이 집 저 집에서 아이들을 데리고 나왔다. 그리고는 그녀가 아이들을 가르치는 동안 자기네들이 필요한 옷을 사 가거나 다른 이웃을 불러 사게 했다. 나중에는 아이들을 가르치는 동안 아예 자기네가 옷보따리를 들고 팔러 다녔다.

해운대에도 자주 갔다. 해운대에는 미군부대 주변에 양공주가 많이 살았다. 양공주 중에는 근무를 마치고 미국으로 돌아간 애인에게 자기를 데리고 가 달라는 편지를 써야 하는데 글솜씨가 부족해 애를 먹는 이가 많았다. 어려서부터 글재주가 좋았던 하태연은 딱한 사정을 듣고 대신 편지를 써주곤 했다. 얼마나 구슬프게 잘 썼는지 양공주 앞에서 읽어주면 다들 눈물을 흘리며 들었다. 소문이 나자 너도나도 편지 대필을 해 달라고 했다. 어떤 날은 옷을 팔러 가보면 양공주 한 떼가 스웨터장사 아줌마를 기다리고 있었다. 편지를 대신 써주고 있노라면 가지고 간 옷은 양공주들이 다 팔아주었다.

장사는 그럭저럭 잘 되었다. 큰돈을 버는 것은 아니었지만 이제 굶주릴 걱정은 하지 않아도 되었다. 월사금을 내고도 돈이 모이면 책상을 사고, 하루는 솥도 사고 또 며칠 후에는 냄비도 샀다. 아이들에게도 더없이 행복한 나날이었다. 가난한 시절이라 헌책이며 헌 참고서를 물려 쓰는 게 보통이었으나 자존심 강한 그녀는 아이들의 책과 참고서는 반드시 새것으로 사주었고, 옷도 제일 좋은 옷감으로 된 것을 사주었다.

감옥에 있는 남편에게도 가끔 면회를 가서 돈을 넣어주었다. 자기가 번 돈으로 남편과 같은 방 장기수들이 간식도 사 먹고 필요한 생필품도 사리라 생각하면 뿌듯했다. 제대로 빨치산다운 활동 한 번 못 해보고 감옥살이를 한 게 늘 미안했는데 적은 돈이나마 도움을 줄 수 있어서 기뻤다.

전쟁이 끝난 지 십 년도 안 된 어려운 시절이었다. 남자가 있는 집도 며칠씩 쌀이 떨어져 굶주리는 일이 흔했다. 여자가 홀몸으로 행상을 다니지만 손님들에게 존경받고 번 돈을 값진 곳에 쓴다고 생각하면 스스로 대견하고 용기가 솟았다. 돈을 아끼고 아껴 계를 부어, 옷 장사를 시작한 지 얼마 만에, 산등성이에 작은 집을 살 정도로 돈을 모을 수 있었다. 마땅한 집까지 봐두었다. 그런데 이때 남편이 갇힌 목포형무소에서 갑자기 연락이 왔다.

# 11. 출옥

1960년은 감동의 해였다. 통일을 향한 민족적인 열망을 짓밟고 반쪽 나라를 만들어 대통령이 된 이승만은 부강한 조국을 만들려는 노력은 하지 않고 오로지 권력을 유지하는 일에만 혼신을 다했다. 김구, 여운형 등 경쟁자를 암살하고 대통령이 된 그는 전쟁 중에도 반공 우익청년단을 동원해 이시영, 김창숙, 이동하 등 반대파를 폭력으로 짓밟고, 마지막 경쟁자로 남은 조봉암마저 간첩 누명을 씌워 처형해버렸다. 권력욕에 미친 늙은이를 몰아내기 위해서는 누군가의 희생이 필요했고, 학생들이 그 역할을 했다. 이해 4월 19일부터 시작된 전국적인 학생시위는 수백 명이 총에 맞아 죽거나 다친 끝에 결국 이승만을 자신이 그토록 숭배하던 미국 땅 하와이로 내쫓기에 이르렀다.

반공이데올로기 하나로 폭력적으로 권력을 유지하던 이승만의 패망은 사회분위기를 바꿔놓았다. 학생운동과 노동운동이 되살아나고 통일운동도 다시 시작되었다. 이런 분위기 속에 정치범의 처우에도 변화가 왔다.

목포형무소에서 갑자기 날아온 전갈은 남편 박판수가 위급하다는 소식이었다. 얼마 전까지도 괜찮던 사람이 무슨 중병에 걸린 걸까, 하늘이 깜깜해지는 것 같았다. 쏟아지는 눈물 속에 부랴부랴 짐을 챙겼다. 가는 동안 불행한 일이 생기면 옷이라도 갈아입혀 시신이라도 싸서 나와야겠다고 생각하고 예전에 입던 한복 한 벌과 담요를 가지고 전라도로 가는 기차를 탔다.

두근거리는 마음으로 면회실에 들어가 기다리고 있으니 남편이 환자복을 입고 나오는데 예상 밖으로 건강해 보였다. 한눈에 보아도 죽을 사람 같지는 않았다. 8년 감옥살이를 하면서 터득한 경험이었다. 우선 마음이 놓였다. 간수가 일일이 대화 내용을 적고 있어 속마음을 다 털어놓을 수는 없었으나 가만히 들어보니, 사회분위기도 바뀌고 해서 병보석으로 나오려고 마음먹은 듯했다. 이번에 못 나오면 11년을 더 살아야 했다. 어떻게든 빼내야겠다고 결심했다.

남편만 구해낼 수 있다면 다른 것은 아무 관심도 없었다. 장사고 뭐고 팽개치고 목포에서 한 달을 살면서 구명운동을 벌였다. 하루는 검사에게 찾아가 '죽기 전에 내 손으로 미음이라도 한 번 대접하다가 세상을 떴으면 하는 것이 소원이니 제발 보석 좀 시켜주시오.' 하소연하고, 하루는 광주에 있는 군

법무관에게 찾아가 똑같이 사정하며 날마다 쫓아다녔다.

사정하고 하소연하는 자리였지만 비굴한 모습을 보이지는 않았다. 어찌나 야무지고 논리정연하게 설득하는지 검사나 법무관도 다 감탄할 정도였다. 박판수의 질병이 당장 위급한 중병이 아님에도 검사와 법무관은 그녀의 말에 설득되었다. 그래도 군법과 민간법에 다 걸려 있다 보니 금방 내줄 듯하면서도 서로 미루기만 하여 쉽지가 않았다.

한 달이 넘어서야 적십자병원으로 진찰 나가는 걸 보고 뒤쫓아 갔더니 의사가 보호자를 불렀다. 상태로 보아 나갈 수 있을 것 같으니 집에 가서 요양을 잘하라는 말이었다. 이번에는 진짜일까 마음을 졸이며 기다렸다. 정말로 병보석이 떨어졌다.

박판수는 1960년 9월 16일 형집행 정지로 출소했다. 덩실덩실 춤이라도 추고 싶은 날이었다. 두 번째 신접살림과도 같은 나날이 시작되었다.

하지만 꿈꾸었던 것만큼 행복한 나날은 아니었다. 박판수는 가석방 상태였으므로 언제 또 잡혀갈지 몰랐다. 언제 형사가 들이닥칠지 모르니 병을 가장하기 위해 방 안에 항상 이불을 펴놓고 머리맡에는 천식약, 위장약 같은 것들을 늘어놓았다. 실제로 천식과 위장병도 있었지만, 약을 많이 먹지는 않았다.

불안한 박판수는 많은 시간을 밖으로 나돌았다. 집에 들어올 때면 감시하는 사람이 없는지 유심히 살펴보며 조심스레

들어왔다. 집에 있을 때는 부엌문과 방문을 꼭꼭 걸어 잠그고 책을 읽으며 글을 썼다. 늘 이불이 깔려 있어도 눕는 법은 없었다. 항상 바른 자세로 앉아 책을 읽으며 깨알 같은 글씨로 내용을 정리하거나 생각을 기록했다. 연탄을 아끼려 낮이든 밤이든 방을 춥게 했기 때문에 추운 날은 앉은 자세로 목까지 담요를 쓰고 책을 읽으며 글을 썼다. 온종일 쓴 글은 작게 접어 천장이며 벽지 뒤에 감춰놓았다.

하태연은 그래도 좋았다. 지리산에서 토벌대에 쫓겨 다니면서, 경찰서에서 극악한 성고문을 당하면서, 이제 자기 인생은 끝났고 남편도 다시 만날 수 없다고 생각했더랬다. 그런데 남편이 무사히 석방되고 헤어졌던 두 아이까지 네 식구가 한 집에 모여 살게 되었으니 하태연으로서는 새로운 인생이 시작된 기분이었다. 아이들을 학교에 보내는 아침이 제일 좋았다. 비 오는 아침, 큰아이는 우산을 씌우고 작은아이는 우의를 입혀 골목 어귀까지 배웅하고 서 있노라면 말로 못할 행복감이 밀려왔다.

남편이 석방되고 몇 달 지나지 않아 군사쿠데타가 일어나 다시 암울한 반공독재가 시작되었다. 1961년에 일어난 5·16 쿠데타였다. 헌정을 짓밟고 권력을 잡은 박정희는 반공을 국시로 내세워 정치범에 대한 탄압을 강화했다. 그래도 하태연은 두렵지 않았다. 보안관찰법이 생겨 사회적으로 무슨 사건만 생기면 정보과 형사 둘이 찾아와 밀착 감시하고 평소에도 내 집 드나들 듯 나타나 귀찮게 굴었지만, 오히려 형사를 통해 운동가로서 자신의 존재를 확인하기라도 하는 양 당당했다. 누구를 만나고 어디를 다녀왔는지 한 달에 한 번씩 일일이 보고해야 하고 해마다 문제가 없다는 내용의 증명서를 발급받아야 했지만, 하태연은 그게 무슨 졸업장이라도 되는 양, 자신이 뜻을 굽히지 않은 증거라 생각하고 빠짐없이 모아두었다.

생각지 않게 늦둥이까지 생겼다. 서른다섯 나이에 아이가 생긴 것이다. 남편이 석방되고 얼마 안 되어 생긴 아이는 1961년 9월 28일에 태어났다. 아들이었다. 둘째인 준환이와 15년이나 차이가 났다. 남편은 아이의 이름을 건으로 지었다. 박건이었다.

뜻밖에 생긴 막내는 더없이 사랑스러웠다. 늦은 나이에 아이를 낳은 게 부끄럽기도 해서 어떻게 키우나 싶었는데 막상 젖내 나는 아이를 품에 안고 보니 남들 시선 따위는 다 잊어버렸다. 갓난아이를 등에 업고 장사를 다녔다. 등에서 새근새근 잠자는 숨소리며 깨어나 옹알거리는 소리를 듣고 있노라면 온갖 시름은 다 잊어버리고 한없는 사랑이 쏟아져 힘이 솟았다.

하지만 엄마의 마음과 아이들 마음이 똑같지는 않았다. 하태연에게는 나름대로 행복한 시간이었지만 아이들에게 아버지는 엄하고 부담스러운 존재이기도 했다. 엄마가 처음 감옥에서 나와 살면서 매일 저녁 물을 부어 연탄을 끄던 것과 비슷한 일이 아버지에게서도 일어났다. 타협이라고는 모르는 고지식하고 고집 센 부모에게 아이들이 적응해야만 하는 일이 또 생긴 것이다.

보안관찰법으로 일거수일투족을 감시당하고 있으니 따로 돈벌이를 할 수 없는 박판수는 아이들 교육이라도 자신이 감당하려고 마음먹었다. 아이들이 학교에서 돌아오면 밥상 앞에 앉혀놓고 무엇을 배웠는지 검토했다. 문제는 학교에서 배운 걸 중심으로 가르치는 게 아니라 자기 생각대로 가르치려는 데 있었다.

먼저 문제가 된 것은 도덕책이었다. 반공사상과 유교적 가치관을 가르치는 도덕책을 보고 박판수는 크게 분노하였다. 도덕책을 모조리 찢어 태워버리고 이따위 엉터리 과목은 공부할 필요가 없다고 소리쳤다. 아이들은 수업시간에 책을 못 가져가 벌을 받았다. 박판수는 국어책과 사회책도 검토하고 마땅치 않은 내용이 있으면 검은 펜으로 까맣게 칠해 읽을 수 없게 만들었다. 이런 나쁜 내용은 배우면 안 된다는 것이었다.

애초에 박판수는 대한민국이라는 나라의 정당성 자체를 인정하지 않았다. 겨레의 전통을 이어받은 것은 이북의 조선민주주의인민공화국이라고 생각했다. 그에게 대한민국은 미국의 식민지 괴뢰정부일 뿐이었다. 대한민국에서 가르치는 정치와 사회, 역사 모든 부분이 그의 생각과 대립할 수밖에 없었다.

아이들을 더욱 힘들게 한 것은 영어였다. 일본에서 학교를 다닌 박판수는 일본식 발음으로 영어를 했는데 아이들이 미국식으로 발음하면 미국놈 앞잡이처럼 발음한다고 야단쳤다. 처음부터 미국식 발음을 배운 아이들로서는 난감한 노릇이었다. 현희는 야학에서 한글의 기초를 배우는 바람에 국어는 제 성적을 낼 수 없었어도 정식으로 중학교에 들어가 배우기 시작한 영어는 퍽 잘했다. 그런데 아버지가 발음이 나쁘다고 호되게 야단치니 겁이 나서 영어공부를 하지도 못할 지경이었다. 나중에는 따지기도 했다.

"아버지는 일본식 발음을 하면서 미국식 발음이 나쁘다고 하는데 그러면 일본은 좋은 나라인가요?"

딸이 항의하자 박판수는 격노해서 더 야단을 쳤다. 미국놈은 나쁜 놈들이니 미국식으로 말하거나 행동하면 안 된다는 고집이었다. 미국에 대한 증오는 뿌리가 깊었다. 아이들이 좀 더 성장해서, 딸 현희가 미국에 간 친구로부터 커피와 초콜릿을 선물로 받고 맛있게 먹자 호되게 야단친 일도 있었다.

"당장 갖다 버려라! 입맛을 버리면 정신도 버린다. 제국주의 침략이 그렇게 시작된 거다. 미국놈 입맛에 길들여지면 안 된다. 당장 버리지 못하니?"

커피가 귀중품에 속하던 시절인데, 그 비싸고 좋은 커피와 초콜릿을 다 갖다 버릴 수밖에 없었다.

박판수는 누구보다도 큰아들 준환에게 신경을 썼다. 어려서 외로운 큰집 생활을 하면서 공부도 거의 안 하고 극도로 내

성적인 성격으로 자라난 준환은 학교생활에도 잘 적응하지 못했다. 자식 애정이 각별했던 박판수는 아들이 잘되기를 바라는 마음으로 때로는 모질게 야단도 치고 설득도 했지만 이미 배움의 시기를 놓쳐버린 아이의 성적은 원하는 대로 나올 리가 없었다.

준환은 아버지가 누나에게는 잘하면서 자신은 모질게 야단치는 걸 퍽 서운해했다. 아버지가 무서워 집에도 잘 안 들어가고 밖으로 돌기만 했다. 성장기 동안 아버지가 감옥에 있었기 때문에 정이 들 시간도 없었다.

준환이 고등학교 입학시험을 치는 날이었다. 박판수는 그 추운 날씨에도 꼭두새벽부터 아들이 시험을 치는 학교 앞에 가서 온종일 자리를 지키고 있었다. 그 모습을 본 준환은 그제야 아버지의 마음을 이해하고 마음을 열게 되었다. 준환이 입학시험에 합격하자 아버지가 얼마나 좋아하는지 몰랐다.

박판수가 감옥에서 나오고 한동안은 생활 형편이 안 좋았다. 집을 사려고 모아둔 돈도 병보석을 위해 다 날린 데다 하태연도 일찍 집에 돌아와야 하니 전처럼 돈벌이가 되지 않았다. 늘 경찰을 피해 쉴 새 없이 이사를 다니다 보니 아이들은 여러 학교로 전학을 다니느라 친구를 사귈 시간도 없었다. 성적도 잘 나오지 않았다. 그렇다고 경찰이 추적을 못하는 것도 아니었다. 이사를 하고 나면 얼마 지나지 않아 어김없이 정보과 형사들이 나타나 한바탕 휘젓고 갔다.

그래도 딸 현희가 병원에 취업하면서 형편이 좀 나아졌다. 남편과의 생활에 익숙해진 하태연도 점차 밤늦게까지 장사를 다닐 수 있게 되었다. 아침에 남편을 빈방에 남겨두고 나와 밤 열 시나 되어 들어가는 생활이 늘 미안했지만, 먹고 살자니 도리가 없었다.

온 식구가 근검절약하며 돈을 모아 몇 해 만에 처음으로 집을 살 수 있었다. 가파른 산동네에 마당도 없이 슬레이트 지붕을 한 블록집이었지만 아담하니 깨끗했다. 내 집이 생기니 방을 세놓아 생활비로 쓸 수 있게 되어 돈이 더 빨리 모였다. 얼마 안 가 방이 네 칸이나 딸린 집을 한 채 더 살 수 있었다.

생활에 여유가 생기면서 집에 편물공장을 직접 차리고 중앙시장 안에 점포까지 냈다. 하태연으로서는 남편에게 일자리를 주고 감옥에 남은 동지들 뒷바라지라도 할 수 있겠다는 마음이었다. 하지만 공장을 차린 것이 큰 실수였음은 곧 드러났다.

집 안에 편물기 몇 대 놓고 직원 몇 명 고용해 스웨터를 짜는 소규모 가내수공업이라 큰돈을 벌 수는 없었다. 휴일도 주말도 없이 늦도록 기계를 돌리는 수밖에 없었다. 그런데 박판수는 돈벌이보다 인간을 더 귀중하게 여기는 사람이었다. 자기가 사장이면서도 노동자들이 힘들게 일하는 꼴을 보지 못했다. 아내가 정시에 노동자들을 퇴근시키지 않으면 화를 내고 야단쳤다. 점심시간 한 시간, 오전 오후 휴식시간도 철저히 지키게 했다.

"노동자들 밥 먹였어?"

어디 나갔다 오면 제일 먼저 하는 말이었다. 게다가 박판수는 노동자가 새로 들어오면 자기 방에 불러놓고 한 시간이고 두 시간이고 사상교육을 했다. 노동자인 당신이 이 세상의 주인이다, 노동자가 세상을 만든다, 자부심을 가지고 당당히 일하라는 내용이었다. 신입이 아니라도 가끔씩 기계를 멈추게 하여 다 모아놓고 노동자가 왜 세상의 주인인지, 나아가 왜 이 민족이 통일되어야 하는지 가르쳤다.

그 옛날, 하인에게 먼저 인사했던 그 마음으로 노동자를 존중하고 애정으로 대하니 노동자들은 박판수를 무척 좋아했다. 하지만 악착같이 시간을 쪼개 일해도 운영이 어려운 판인데, 잔업도 못하게 하지, 일 분이 아쉬운 노동시간을 축내니 공장이 잘 돌아갈 리가 없었다. 돈을 벌기는커녕 어렵게 마련한 집까지 하나씩 팔아야 하는 처지가 되었다. 그래도 하태연은 남편이 하는 일이라면 무조건 따랐다. 존경하는 남편의 말이라면 무슨 내용이든 철석같이 믿고 지지했다.

박판수의 교육을 받아들인 또 한 사람은 사위였다. 딸 현희가 성장하여 연애를 하게 되자 박판수는 사윗감이 올 때마다 술도 별로 안 마시면서 몇 시간씩 앉혀놓고 사상교육을 했다. 처음에는 사윗감이 좋아하는 문화예술 이야기부터 시작했다. 르네상스 시대며 서양 문학에 대한 박식한 지식은 사윗감을 탄복하게 했다. 저녁에 퇴근하면 미래의 장인에게 찾아와 토론하는 재미에 푹 빠져버렸다.

어느 정도 신뢰가 쌓인 다음에는 캄보디아, 체코 등 사회주의공화국 사례를 이야기해주고, 남북이 통일되면 러시아와 중국으로 가는 철로가 놓이고 북한의 원료와 남한의 기술이 합쳐져 조선은 강대국이 될 수 있다, 그런데 미국과 일본이 통일을 반대한다는 등의 이야기를 했다. 이남에서 인정하는 독립운동가 중에 진정한 독립군은 별로 없다는 것, 옛날에 양반을 돈 주고 샀듯이 독립운동가의 명예를 산 친일파가 많다는 이야기도 했다. 자본주의가 얼마나 나쁜 제도인가 알아야 한다, 자본주의란 앞으로 주고 뒤로 크게 빼 가는 사상이다 등등의 이야기는 사윗감의 혼을 빼놓았다. 그는 박판수가 세상에서 제일 훌륭한 사람이라며 존경하기에 이르렀다.

사윗감과 절친해지자 박판수는 마음에 있는 이야기를 다 털어놓았다. 이북은 돈이 없어도 공부할 수 있는데 남한은 돈이 없으면 공부를 못한다, 이북은 실업자가 없는데 이남은 실업자가 많다, 이북은 전기공업이 발달하고 농업기계를 자급자족하는데 이남은 일제강점기보다 산업수준이 더 떨어졌다, 이북은 병이 나면 무료로 치료받을 수 있는데 이남은 돈 있는 사람은 살고 돈 없는 사람은 죽는다, 역사발전의 법칙에 따라 이남의 자본주의 체제는 반드시 붕괴하여 사회주의가 될 것이다, 라는 이야기였다.

1960년대였다. 남북의 경제 상황에 관한 한 박판수의 이야기는 틀리지 않았다. 전쟁이 끝나고 10여 년이 흘렀지만 이남의 산업은 복구될 기미가 없었다. 그나마 일제강점기에 세워진 공장은 전쟁 중 미군의 폭격으로 샅샅이 파괴되어 되살아나지 못하고 있었다. 이에 비해 이북의 전후재건은 매우 빠르게 진행되어 남한보다 훨씬 안정되었다. 러시아 등 동구 사회주의국가들의 대규모 경제지원이 큰 도움을 주기도 했으나 자체적으로 조성된 사회주의의 열정이 급속한 경제성장을 이룬 것이었다. 사회주의 혁명에는 성공했으나 아직까지 극빈에 시달리던 만주의 조선인 교포들은 이북에 사는 친족들로부터 지원을 받고, 아시아와 아프리카 여러 국가에서 이북을 모범으로 삼아 견학을 보내던 시절이었다. 적어도 그 시절 이북에 대한 박판수의 말은 구구절절 옳았다.

사위는 그 밖에도 사회과학, 철학 등 박판수의 지식을 스펀지처럼 빨아들여 박판수의 사랑을 독차지했다. 하지만 얼마 후 결혼해 정식으로 한 식구요 제자가 된 사위는 결혼한 지 일 년밖에 안 되어 병사하고 말았다. 박판수는 너무나 안타까웠다. 사위와 딸은 혼인신고도 되어 있지 않았다. 사위가 외국출장이 잦은 회사에 다녀 박판수의 사위라고 호적에 올라가면 여권이 나오지 않을까 봐 걱정한 박판수가 혼인신고를 하지 말도록 권했기 때문이다. 박현희는 법적으로 처녀인 상태에서 딸 하나를 낳은 채 평생 혼자 지내게 되었다.

사위만큼이나 열성적으로 박판수를 따르는 젊은이도 생겼

다. 민경옥의 시동생 손재근과 그 동생인 손진근 등 많은 젊은이가 그를 찾아와 배움을 얻었다. 그중에서도 손재근 형제는 사상적으로 열렬히 동화되어 박판수를 따랐다. 시간만 나면 찾아와 밤새 이야기를 나누고 작은 일이라도 심부름을 하며 봉사했다. 이 인연은 박판수가 사망할 때까지 계속되었다. 손재근 형제뿐 아니라 일일이 나열할 수 없는 여러 사람이 쉴 새 없이 박판수를 찾아왔고, 박판수는 누가 오든 기쁜 얼굴로 맞아들여 자신의 사상을 전달했다.

부산시당 위원장이던 정철상의 딸 정희숙도 가까이 지냈다. 정철상은 범내골 호랑이로 불리던 이로, 박판수와 절친했으나 간경화로 건강이 좋지 못했다. 박판수는 현희를 시켜 정철상을 잘 돌봐주도록 했고 정희숙도 박판수를 친아버지처럼 잘 따랐다.

정철상의 마지막 임종을 지킨 것도 박현희였다. 정철상의 가족들이 약을 구하러 자리를 비운 사이 갑자기 임종을 맞은 것이다. 박현희의 무릎 앞에서 죽은 듯 누워 있던 정철상은 죽음이 임박하자 돌연 상체를 일으켜 앉은 후 온 힘을 짜내 말했다.

"인민공화국 만세!"

아버지와 빨치산 출신을 여럿 모시고 있었지만 그들에게 인민공화국이 어떤 의미인지 몰랐던 박현희는 깜짝 놀라지 않을 수 없었다. 그 의미를 제대로 알게 된 것은 나중에 아버지에게

서 듣고 나서였다. 인민공화국 만세는 정철상의 마지막 유언이 되었다.

정철상이 사망할 당시 박판수는 경찰의 감시를 피해 조직 활동을 하느라 거의 집에 들어가지 못하고 있었다. 장례식에도 공개적으로 참석할 수 없던 그는 매장이 치러지는 묘지 근처의 숲에서 몰래 바라보기만 해야 했다. 장례가 끝난 후 현희에게 그 안타까움을 털어놓기도 했다.

"아, 가슴 아프다. 동지가 죽었는데 장례식에도 참석하지 못하고 멀리서 봐야 하다니, 너무 마음이 아프다. 다른 동지도 거의 참석하지 못했구나. 다들 얼마나 마음이 아플까."

동지의 장례식에도 참석하지 못하고 피해 다닌 이유는 곧 드러났다. 정철상이 죽은 지 얼마 안 되어 박판수는 조직사건으로 체포되었고, 또다시 긴 옥살이를 시작하게 된다. 밖에 나온 지 11년 만이었다.

# 12.

# 재수감

1970년 8월 15일, 박정희 대통령은 광복절 경축사에서 새로운 통일방안을 제시했다. 남북이 자주적으로 평화통일을 이루자는 주장이었다. 공공연히 무력통일을 주장해온 종래의 입장에 비해 진일보한 것이었다. 이듬해인 1971년에는 미국의 닉슨 대통령이 중국 방문을 결정했고 8월 12일에는 대한적십자사 주관으로 역사적인 남북 이산가족 상봉이 이루어졌다.

박정희의 평화통일 방안과 남북 이산가족 상봉은 대통령 직선제를 간선제로 고치고 연임 제한을 없애는 등 영구집권 체제를 만들기 위한 정치술수에 불과했다. 닉슨이 중국을 방문했다지만 상징적인 일이었을 뿐, 본격적인 동서 교류는 그로부터 15년이 지나서야 시작된다. 하지만 일련의 동서화해 분위기는 국내 진보세력에 희망을 불러일으켰다.

박판수도 국내외 정세 변화에 고무되어 통일이 멀지 않으리라는 희망을 품고 조심스럽게 활동을 시작했다. 우선 할 수 있는 일은 이북과 국외 방송을 듣고 상황을 분석해보는 것이었다. 박판수는 어렵게 구한 단파라디오로 이북방송도 듣고 일본 NHK 방송도 들으며 국내 방송사에서 방송하지 않는 정보를 모으는 일부터 시작했다.

언제 형사들이 방문할지 모르는 처지라 방송을 듣더라도 아무 데나 적어놓으면 안 되었다. 언제든지 남몰래 버리거나 씹어 먹을 수 있도록 깨알같이 작은 글씨로 종이에 적어 이를 토대로 몇몇 동지와 토론회를 열었다.

모인 사람은 박판수 본인까지 6~7명 정도가 되었는데, 대부분 과거에 빨치산이나 좌익 활동을 했던 이들이었다. 일본 철도학교를 졸업한 후 월성군 내남면 농민조합 선전부장을 하다가 1946년 대구 10월 항쟁으로 구속되었으며 출옥해서 세탁소를 하고 있던 최상원, 빨치산 활동으로 옥살이를 하고 나와 양조장 배달부로 일하고 있던 조혁제, 건국대학을 중퇴하고 좌익 활동을 하다가 목장 서기로 일하고 있던 손춘근, 경주농민조합 출신으로 양계장을 하고 있던 이규원, 버스운전기사인 최광섭과 역시 운전사인 이창희 등이었다.

이들은 박판수나 최상원의 집을 돌아다니며 모임을 갖고 때로는 금강공원, 해운대해수욕장 등지에서 야유회를 하며 대화를 나누었다. 대화 내용은 평소 박판수가 사위에게 하던 말

그대로였다. 이북은 돈이 없어도 공부할 수 있는데 이남은 돈이 없으면 못한다, 이북은 실업자가 없는데 이남에는 많다, 이북은 이남보다 전력이 풍부하고 공업도 발달되어 있다, 이북은 농업이 기계화되어 식량을 자급자족해 못사는 사람이 없다, 이북은 병이 나면 무료로 치료해주는데 이남은 돈이 없으면 치료를 받지 못한다, 평양은 거리가 깨끗해 공해가 없다는 등의 이야기였다.

박판수의 주도 아래 이루어진 모임이었다. 1970년 11월에는 조선노동당 제5차 당대회에서 김일성 주석이 한 연설을 청취해 민중혁명으로 남조선을 해방하자는 내용을 타자용지 4매에 흑색볼펜으로 받아써 동료들에게 해설해주는 등 이론적으로나 조직적으로나 박판수는 이 모임을 이끌었다.

1971년 8월에는 동래구 중동의 추기용 집에서 이북방송을 청취하고 시사해설 등을 갱지 15매에 기재해 토론과제로 삼았다. '자본주의는 필연적으로 몰락하니 자본주의 세력을 매장하기 위한 역사적인 사명을 나하자. 이남은 축적된 모순이 급격히 터져서 혁명이 이루어진다.' 등의 내용이었다.

1971년 12월 26일 오후 1시에는 동래구 서동의 최광섭 집에서 송년회를 하면서 그동안의 활동을 반성하기도 했다. 박판수는 그 자리에서 말했다.

"우리가 과거에 했던 활동을 비판해보면, 사상통일이 안 되고, 대열을 이탈하는 자가 생기고, 학습수준이 미약하고, 군중과 같이 호흡하지 못하여 포섭도 못하고, 혁명성, 대담성, 경각성 등이 부족했다. 앞으로 좀 더 각성하여 자기 발전을 도모하고 사상통일을 하여 단결을 강화하며, 군중 속에 끼어들어 비밀이 보장되는 사람을 계몽, 포섭하자. 박정희 정권은 경제적 파탄을 은폐하기 위해 비상사태를 선포하였으니 각자 말과 행동을 조심하자."

일급 감시대상자들이 비밀모임을 갖고 이북방송 녹취록을 놓고 토론을 벌이는 것은 대단히 위험한 일이었다. 박판수는 만일의 체포사태가 일어날 경우 자기로 말미암아 아이들이 연좌제로 피해를 보지 않도록 장남 준환을 6촌 동생 박해동의 아들로 변조해 그의 호적에 올려놓기까지 했다. 본인은 사망한 셋째 누이의 남편 이름인 강신호로 동회에 신고하고, 둘째 아들 건은 그 집안의 이름에 따라 강성일이라고 신고해놓았다.

극도로 보안에 신경을 썼으나 온 사방에 감시의 눈이 깔려 있는 상황에서 요시찰 인물들의 비밀모임이 오래갈 수는 없었다. 박판수 일행은 1972년이 되자마자 일제히 검거당했다. 1월 10일이었다.

체포된 이들은 처음부터 인간 이하의 무자비하고 혹독한 고문 속에 수사를 받아야 했다. 단순한 민주화 운동가에 대해서도 혹독한 고문과 구타를 가하고 유인물 몇 장 만들었다는 이유로 몇 년씩 감옥살이를 하던 시절에 이북방송을 청취하고 이를 토대로 공부한 빨치산 출신은 사람 취급을 받을 수 없었다.

경찰 조사는 '이루 형언 못할 가혹한 고문의 연속'이었다. 분명히 하지 않은 것을 하지 않았다고 답변하면, '예, 했습니다.'라는 답변이 나올 때까지 개처럼 두들겨 패고 거꾸로 매달아 물고문과 전기고문을 가했다.

검사 취조도 마찬가지였다. 경찰에서 고문으로 허위진술을 했다고 말하면, 이번에는 검찰이 경찰 조서를 인정할 때까지 직접 고문을 가했다. 그래도 버티면 다시 경찰에 넘겨 처음부터 취조하도록 하겠다고 협박했다.

이런 고문 중에도 박판수는 너무나 꿋꿋하였다. 취조를 마치고 나오는데 수갑 찬 모습이 하도 당당해서 가족들은 그가 얼마나 고초를 당하고 있는지 잘 몰랐을 정도였다. 그는 가족은 물론 수사관 앞에서도 나약한 모습을 보이거나 타협적으로 나온 적이 없었다. 농업학교 시절부터 평생을 꺾이지 않은 당당한 자기확신으로 오히려 상대를 설득하려 들었다. 자신이 겪는 고초 그 자체가 혁명운동의 일부라고 생각하며 감내해냈다. 수사관치고 '박판수의 절개는 정말 대단하다.'고 감탄하지 않은 이가 없었다.

박정희 정권은 박판수가 이 사건으로 대전교도소에 수감되어 있던 1972년 7월 4일, 남북공동성명을 발표했다. 박정희의 지시로 극비리에 이북을 방문한 이후락 중앙정보부장이 평양에서 김일성 주석을 만나 자주, 평화, 민족대단결의 3대 통일 원칙을 공동합의하고 이를 공개한 것이다. 드러난 외형만으로 보면 전쟁과 냉전으로 얼어붙은 남북의 긴장완화에 큰 전기가 마련된 듯했다. 그러나 박정희가 정권연장을 위해 국민을 현혹하려고 정치공작을 한 것뿐이라는 사실은 곧 드러났다.

박판수는 남북공동성명이 발표되고 한 달 후인 8월 12일 대구교도소로 이송되었다. 가족이 범천동 산동네에서 살 때였다. 당연히 감옥에서도 그는 전혀 기가 꺾이지 않았다. 박정희가 본색을 드러내 소위 '유신헌법'을 공표하자 박판수의 실망과 분노는 극에 달했고 감옥 안에서 할 수 있는 일은 그 어떤 일이라도 하려고 나섰다.

박정희는 10월 28일 유신헌법을 국민투표에 부쳤다. 정식 명칭은 '조국의 평화통일을 지향하는 새 헌법 개정안'이었다. 통일을 내세워 독재정권을 완비하려는 가증스러운 투표였다. 아직 2심 재판 중이던 박판수에게는 투표권이 있었다. 그러나 부재자 신고가 시작되자 박정희가 정권연장을 위해 시도하는 개헌이므로 기권해야 한다며 스스로 기권하였을 뿐만 아니라 주변 동료를 설득해 투표하지 않도록 했다. 언론통제와 허위 선전 속에 유신헌법은 국민의 압도적인 지지로 통과되었으나 박판수는 이를 결코 용인할 수 없었다.

교도소 측은 법무부와 중앙정보부의 지시에 따라 박판수를 비롯한 사상범들의 모든 행동거지와 발언을 감시, 기록하고 있었다.

이 기록에 따르면 박판수는 11월 19일 현재의 김일성이 진짜냐 가짜냐 하는 문제로 같은 방의 수인인 손모와 심한 언쟁을 벌였다. 물론 박판수는 현재의 김일성이 일제강점기 신문과 잡지에 여러 차례 등장했던 그 유명한 김일성 장군이 맞다고 강력히 주장했다.

같은 달 30일에는 남북조절위원회와 남북적십자회담에서 북측이 남한 내 정치범 석방문제를 제기하지 않는다며 같은 정치범인 정모가 욕을 하자 왜 이북을 비난하느냐고 비호했다. 정보원을 통해 이런 사실을 수집한 교도소 측은 같은 좌익수라고 해도 박판수는 불온사상을 전파할 수 있는 극좌파로 분류해 독방으로 옮겨 수용했다.

1973년 2월 28일, 박판수는 항소심에서 반공법 위반으로 징역 4년을 언도받고 3월 8일 형이 확정되었다. 죄목은 반공법 및 국가보안법 위반에 사문서위조 및 공정증서 원본 불실기재가 추가되있다. 사문서위조와 공정증서 원본 불실기재 위반은 아들 준환을 6촌 동생의 호적에 올리는 과정에서 허위서류와 도장을 만들었다는 이유였다. 대법원에 항소했으나 기각되고, 지난번에 형 집행이 정지되었던 11년과 합쳐 15년을 복역해야만 했다.

가석방을 기대할 수 없는 15년의 긴 감옥살이가 시작되었다. 그런데 이번 감옥살이는 옥살이 자체보다도 전향공작이 박판수를 더 힘들게 하였다. 이북과 형식적인 평화통일을 내세운 박정희는 혹시 있을지 모르는 전쟁포로 교환에 대비해 이남 감옥에 있는 사상범을 한 명이라도 북한에 덜 보내기 위해 대대적인 전향공작을 지시했다. 곧 남북교류가 이루어져 이북으로 갈 수 있을지도 모른다는 희망에 부풀어 있던 수백 명의 장기수에게는 날벼락 같은 일이었다.

전향공작은 교도소마다 다르게 진행되었는데 서로 한 명이라도 더 전향시켜 공을 세우고자 온갖 수단을 무리하게 동원하였다. 특히 대전교도소, 광주교도소 등의 전향 작업은 처음부터 혹독한 폭력을 동반하였다. 전향하지 않은 사상범은 잠을 안 재우고 구타와 고문을 가했으며 교도소 내 흉악범까지 동원해 무자비하게 구타해 여러 명이 죽어 나갔다.

부산교도소 장기수도 예외 없는 전향공작의 대상이었다. 혹독한 매질과 고문의 한편으로는 남파되었다가 자수하거나 체포된 후 전향한 공작원을 동원하여 반공교육을 계속하였고 강제로 극우 반공영화를 보게 했다. 교도소 담당 목사까지 동원하여 전향공작에 앞장서게 하였다.

박판수에 대해서는 1973년 3월 12일 처음으로 사상 전향의사를 타진했다. 박판수는 자신이 민족주의자이며 민주주의자라고 주장하고, 전향을 하라는 것은 민족주의와 민주주의를 버리라는 것이니 대한민국 체제도 부정하라는 말 아니냐고 논박했다. 그는 하태연이 면회를 왔을 때도 절대 전향하지 않을 거라고 밝혔다.

서대문형무소에서 치열한 전향공작을 이겨내고 비전향수로 석방된 하태연은 박판수의 마음을 충분히 이해했다. 그녀는 언제나 자랑스러운 남편의 가장 열렬한 지지자였다. 박판수가 더 오래 감옥살이를 하게 되더라도 전향해서는 안 된다는 데 깊이 공감하고 동조했다.

전향공작은 하루 이틀에 끝나지 않았다. 지속적인 구타와 고문 외에도 일주일이면 한두 번씩 계속 불려 나가 반공교육을 받거나 전향을 강요당했다. 달이 차고 해가 바뀌어도 마찬가지였다. 2년 후인 1975년 봄, 교도소 담당자는 박판수에 대해 '지금까지 전향하지 않은 이유를 청취한 바, 표면상으로는 자기는 공산주의자가 아니라 민족주의자라고 말하고 있지만, 외유내강의 인물로 생각됨'이라고 기록했다.

박판수는 개별 상담 때마다 똑같이 주장했다.

"전향하라는 것은 민주주의와 통일의 정당성을 부정하라는 선데 나는 그렇게 할 수 없다. 나는 이디까지나 양심적이고 올바르게 살기를 애쓰고 노력하는 사람이다. 전향하려야 할 것이 없다."

교도소 측은 전향을 설득하기 위해 사회참관이란 명목으로 장기수들을 외부로 데려가 산업시찰을 시키기도 했다.

1975년 5월 27일에는 박판수 등 장기수들을 데리고 나가 대구의 나일론공장을 참관시켰다. 박판수는 교도소로 돌아와 소감을 묻는 담당자에게 이남도 많이 발전했다고 말했을 뿐 전향에는 완강히 불응했다. 그는 이북의 경제발전이 외세에 의존하지 않은 주체적이고 민족적인 발전인 데 비해 이남의 경제발전은 미국과 일본의 자본으로 이루어진 기형적인 형태라고 보았다. 저임금을 찾아 들어온 외국자본에 기생하여 소수 독점재벌이 주도하는 신식민지적 경제개발이라고 보았다. 이남에 급속히 세워지고 있는 수많은 공장으로부터 어떤 감명도 받을 수 없는 게 당연했다.

얼마 후인 6월 18일에는 부산 시내에 데리고 나가 종합경기장, 대동모터사, 선학알미늄, 문화방송국 등을 구경시키며 대한민국이 비약적으로 경제성장을 이루지 않았느냐고 자랑하고 돌아와 상담했으나 박판수의 대답은 언제나 똑같았다.

이남의 경제상황이 빠르게 나아지고 있음은 사실이었다. 그러나 정치상황은 암울하기만 했다. 박정희는 자신을 종신대통령으로 만들어준 유신헌법을 수호하기 위해 철두철미하게 국민의 사상과 행동을 통제했다.

박정희는 '긴급조치'라는 것을 발동해 유신헌법에 대해 반대 의견을 피력하는 자는 엄벌에 처했고 나중에는 반대하지 않더라도 헌법에 대해 이야기하는 것 자체를 금지했다. 고의든 실수든 헌법과 대통령에 관해 이야기하는 사람은 온 사방에 깔린 밀고자에 의해 살벌한 중앙정보부에 끌려가 고문과 매질의 희생양이 되었다.

헌법에 대해서는 물론, 정치에 대해 말하는 것 자체가 위협을 받던 시절이었다. 술집에서 막걸리를 마시며 정치에 대해 떠들다가 신고당해 감옥에 간 사람이 수두룩했다. 심지어 은유와 비유조차 허락되지 않았다. 작은 연못에서 두 마리 붕어가 서로 싸운다는 가사를 두고 남북을 비유한 거라며 방송과 판매를 금지했다. 별 뜻 없이 만들어진 대중가요 가사까지 다 문제가 되었다. 행복의 나라로 가자는 가사가 들어 있으면 이 나라가 행복하지 않다는 거냐며 시비를 걸었다. 손가락으로 전위적인 춤을 추는 김추자를 두고 이북과 교신하는 거라고 의심했고, 돌아오라고 하면 누구한테 돌아오라고 하는 거냐며 의심했다. 먹고 자는 것 이외에는 그 어떤 것도 생각하고 말할 수 없는 암울한 시대였다.

이런 상황에서 전향하지 않고 버티는 것은 고생을 자초하는 일이었다. 전향하지 않는 장기수는 집단구타는 물론, 한겨울에 담요도 없이 한 겹 옷 하나로 버려두고, 잠을 안 재우고, 찬물을 뿌리는 등 이루 헤아릴 수 없는 고통을 가했다. 박판수도 예외일 수 없었다. 본래 약했던 몸은 전향공작 과정에서 형편없이 허약해졌다.

비전향 장기수에게 더 큰 위협은 만기를 채우더라도 석방하지 않고 청주에 있는 감호시설에 보내겠다는 협박이었다. 감호소는 재범 우려가 있는 전과자를 영원히 가둬놓을 수 있는 초법적인 시설이었다.

이에 나중에는 가족이 나서서 전향을 권유하기에 이르렀다. 1975년 8월 9일 접견 때는 하태연과 아들 박건이 면회를 왔는데 하태연은 차마 권하지 못하였으나 아들은 전향하지 않으면 영원히 출감할 수 없다고 한다며 전향을 권유했다. 박건은 전향공작 초기만 해도 아버지의 큰 뜻을 자식이 어떻게 막겠느냐고 했으나 영원히 석방되지 못 할 거라고 하자 걱정이 되어 전향하라고 권유하지 않을 수 없었다. 사상전향이 무엇을 의미하는가를 잘 아는 하태연은 끝까지 남편의 뜻을 존중했으나 아들과 딸은 면회 올 때마다 간곡하게 전향을 권했다. 하지만 박판수는 자식들의 권유도 거부했다.

"출감 못해도 할 수 없지. 이제 나이는 많고 출감해도 도리어 가족들에게 걸림돌만 되고 돈벌이도 할 수 없으니 양로원에 가는 셈 치고 여기서 이대로 있을 생각이다."

"아버지, 그러지 마시고 다시 생각해보세요. 전향하지 않으면 사회안전법에 해당하여 감호처분을 받는다잖아요."

딸이 눈물로 호소했지만, 박판수는 꺾이지 않았다.

"감호처분이 되어도 할 수 없지. 나 스스로 신념을 꺾는다면 살아도 살아 있는 게 아니다. 그렇게 사느니 차라리 감호소에서 죽겠다. 더는 나를 괴롭히지 말고 가만히 두거라."

박판수는 아무리 거부해도 전향공작이 계속되자 나중에는 개별 면담 때 아예 묵비권을 행사해 말 한마디 하지 않았다. 과거 빨치산 활동과 친북 활동을 반성하는 자술서를 작성하라는 요구에 대해서는 죽는 날까지 그 어떤 요구에도 응하지 않겠다고 거절했다. 귀순 간첩이라 불리는, 전향한 남파공작원의 강연을 들은 후에는 반드시 소감문을 써야 했는데, 그들의 말에 감동했다는 이야기는 일체 없이 비판적인 의견으로만 일관했다.

전향공작에는 목사도 큰 역할을 했는데, 박판수는 목사가 감방을 방문하면 일절 적대감을 보이지 않고 책을 읽다가도 일어나 안경을 벗고 인사하며 담요를 내밀고 앉으라고 권했다. 그러나 친절한 응대와는 달리 전향 이야기가 나오지도 못하도록 동의보감 이야기를 해서 목사의 말문을 막아버렸다.

교도관들은 박판수에 대해 '인간적으로 좋은 사람이라고 보지만 전향은 끝까지 하지 않고 있다'고 상부에 보고했다. 교도관 중에는 인간적으로 친해진 이도 있어서 전향서를 쓰고 가정으로 돌아가야 하지 않겠느냐고 진심으로 말하기도 했다. 그러면 박판수는 특유의 엷은 웃음을 지으며 대답했다.

"이렇게 나서 이렇게 살다가 죽어가는 것이 내 인생인가 봅니다."

진정 조국과 민족을 사랑했다는 이유로 이렇게밖에 살 수 없게 된 자신의 운명을 관조하는 듯 허탈하게 말하는 것이었다.

"먼 훗날 나의 자손들이 내 마음을 알아주게 될 겁니다."

전향공작이 시작되고도 박판수는 교도소 내 온갖 싸움에

앞장섰다. 1981년 한 해만 해도 4월에는 매트리스 수거에 반대해 단식하고 8월에는 세면 및 운동시간에 대한 불만으로 3일간 단식했다. 11월에는 목욕탕을 혼자만 쓰게 하는 데 항의해 다른 장기수와 함께 쓰게 해 달라고 요구하며 7일이나 단식하기도 했다. 이런 식의 싸움은 해마다 끝도 없이 계속되었고 박판수는 그때마다 맨 앞에서 싸웠다.

교도소 측은 이때 박판수의 면회조차 금지시켰다. 첫 감옥살이를 합쳐 꼬박 24년의 긴 수감생활이 끝나기 한 달 전인 1986년 2월, 박판수는 아직 재소자의 신분으로 집에 다녀갔다. 얼마나 고문을 하고 괴롭혔는지 말도 못하게 몸이 수척했다. 교도소에서 마지막 전향 작업을 위해 교도관과 함께 외출을 시킨 것이다.

교도소 측은 박판수를 외출시키기 며칠 전 미리 하태연에게 전화해서 '집에 어른들 좀 많이 불러 모아두어라, 이번이 전향할 마지막 기회다'라고 통보해두었다. 하태연은 교도관 말대로 전향하지 않으면 석방되지 못하고 그대로 청주감호소로 가는 건 아닌지 걱정되었으나 그렇다고 온 집안 식구를 불러놓고 남편에게 전향을 강요하는 것은 스스로도 용납할 수 없었다. 교도관의 요구를 아주 무시할 수는 없어 마지못해 큰집에 말해 형수를 오게 하고 부산에 사는 누님까지 두 사람만 불렀다.

박판수를 데리고 집에 온 교도관들은 형수와 누님 앞에서 전향을 하라고 집요하게 강요하였다. 그러나 박판수는 끝내 거절했다. 하태연은 남편이 혹시라도 석방되지 못한 채 감호소로 갈까 봐 걱정은 되었으나 15년을 버텨온 남편에게 정신적 죽음을 강요할 수는 없었다. 교도관들은 남편이 지장을 찍지 않으면 이번에도 석방되지 못하니 남편 대신 지장을 찍으라고 하태연을 협박했으나 완강히 거절했다. 자기 같은 사람도 끝까지 비전향으로 당당하게 나왔는데 이제 와서 전향자로 석방된다면 차라리 죽느니만 못하다는 생각이었다.

끝내 전향 작업에 실패하고 박판수를 부산교도소로 데려간 교도관들은 그날 밤 두 명이 양쪽에서 달려들어 강제로 종이에 지장을 찍으려 했다. 다른 교도소에서도 그런 식으로 당한 사람이 많았다. 본인의 의지와 전혀 상관없이 강제로 백지에 지장이 찍히고 그 위에 자기들 마음대로 전향서를 작성해 상부에 올리는 것이다. 전향이란 사상을 바꾸는 일인데, 본인의 의지와 아무 상관없이 전향서를 받는 것은 담당자들이 실적을 올리려는 데 불과했다. 박판수는 양팔을 붙잡힌 상태에서 완강히 저항하며 고래고래 소리를 질렀다. 그들은 다른 교도관들이 몰려오자 강제 날인을 포기했다.

박판수는 끝까지 버텼으나 혹시라도 발버둥치는 사이에 자기도 모르게 지문이 찍힌 것은 아닌지 걱정되어 석방된 후에도 자식들에게 여러 번 그 이야기를 했다. 혹시 발버둥치는 사이에 강제로 지문이 찍혔다면 무효이니 꼭 알아두라는 말이었다. 그러나 정부 기록에도 그는 끝까지 비전향으로 남아 있었다.

마침내 박판수가 석방된 것은 1986년 3월 8일이었다. 참으로 긴 세월이었다. 농업학교 시절 항일투쟁을 시작한 이래 온갖 풍상의 세월 50년, 이제 69세 노인이 되어 24년의 감옥살이를 벗어나 삶이 곧 전쟁인 차가운 자본주의 세상에 던져진 것이다.

# 13. 마지막 열정

박판수가 석방되던 날, 교도소 쪽에서는 또 가족들을 모아 놓으라고 전해왔다. 끝까지 전향을 안 했으니 석방되기는 틀렸다고 생각한 가족들은 이번에도 전향공작을 하는 거라고 생각해 몇몇 친척을 부르고 음식을 장만했다. 하태연과 박현희는 음식을 만드느라 바빠서 부산역에도 부산시당위원장 정철상의 딸 정희숙을 대신 내보냈다.

정희숙이 부산역에 가 보니 박판수는 죄수복을 입은 그대로 교도관과 형사들에 이끌려 나오고 있었다. 정희숙은 형사들에게 호통을 쳤다.

"이 어른이 무슨 사기를 쳤습니까, 도둑질을 했습니까? 이렇게 죄수복을 입혀 나오는 게 어디 있습니까?"

마구 야단을 치고 마침 가져간 옷으로 갈아입혀 모시고 왔다. 이때까지도 정희숙이나 식구들은 그가 완전히 석방되었다는 사실을 모르고 있었다. 석방시킬 생각이 없어 죄수복을 그대로 입혀 나온 줄 알았다. 형사들이 집에 와서 인수인계를 하고 돌아간 후에야 진짜 석방이라는 걸 알고 다들 뛸 듯이 기뻐했다.

긴 옥살이에서 벗어나기는 했으나 박판수가 두 번째 출감할 무렵 가족들의 사정은 최악이었다. 첫 번째 출감 때만 해도 하태연이 한창 돈을 벌고 있어서 그리 어려운 줄을 몰랐으나, 이제는 하태연도 환갑이 된 할머니였다. 매일 아침 열 시에 나가 밤 열 시에 돌아오며 힘겹게 행상을 했으나 늙고 지친 몸으로 돈벌이가 되지 않았다. 결혼 전에는 살림에 크게 보탬이 되었던 딸 현희도 혼자서 힘들게 외동딸을 키우고 있었다. 막내아들 건은 대학에 다니느라 한창 돈이 들어갈 나이였다.

가난에 찌들어 사는 가족의 현실에 박판수는 심리적으로 많이 위축되었다. 어떻게든 자기도 돈을 벌어야 식구들을 먹여 살릴 수 있다는 압박감이 예전의 위풍당당하던 풍모를 잃게 만들었다. 오랜 감옥살이, 모진 전향공작에 시달려 쇠약해진 건강 때문이기도 했다.

박판수는 감옥에서 민간의학에 대해 깊이 공부를 해둔 게 있었다. 동의보감부터 시작해 현대인이 겪는 갖가지 새로운 질병을 전래 약초와 한약으로 다스리는 공부였다. 달리 돈벌이를 할 수도 없는 나이인지라 그는 자신만의 독특한 처방으로 약을 지어 팔기 시작했다.

처음 손님은 주로 딸 현희가 지인 중에서 데려온 당뇨, 고혈압, 신경통 등 난치병환자들이었다. 박판수의 처방은 상당한 효력이 있었고, 이내 소문이 퍼져 멀리서도 손님이 찾아오게 되었다.

박판수는 약 한 재를 팔아 돈이 생기면 꼭 딸에게 맡겼다. 자기가 가지고 있으면 세상 물정을 몰라서 엉뚱한 데 쓰게 되니까 전세 얻을 돈을 마련할 때까지 대신 관리하라는 것이었다. 너무 오래 감옥살이를 하고 나온 그는 실제로 은행에 갈 줄도 몰랐고, 약을 지어도 어떻게 팔고 얼마를 받아야 할지 몰랐다.

열심히 진맥하고 약을 지어 적으나마 돈벌이를 하고 있음에도 박판수는 매일 아침 밖에 나가 이리저리 돌아다니며 점심을 굶었다. 한 끼라도 밥을 안 먹는 게 돈을 모으는 길이라는 어리석은 마음이었다. 평생을 반외세투쟁에 바친 외골수의 지독한 고집이었다. 자식들이 아무리 점심을 먹고 다니라고 애원해도 말을 듣지 않았다.

박현희는 아버지를 볼 때마다 마음이 아팠다. 4 · 19혁명 뒤에 감옥에서 나왔을 때는 교과서에 먹칠을 해놓아 밉기만 하던 아버지였는데, 힘없는 노인이 되어 어떻게든 가족에게 도움이 되려고 점심까지 굶는 모습을 보니 너무 마음이 아팠다.

어느 날, 아버지를 태우고 운전을 하다가 성급하게 끼어든 다른 차 운전사를 향해 '미친놈'이라고 혼자 욕을 한 일이 있었다. 예전 같으면 그 자리에서 당장, 왜 함부로 욕을 하느냐고 야단칠 아버지였다. 그런데 아무 소리도 하지 않고 집에 가더니 아내에게 나직이 말하는 것이었다.

"큰일 났소. 우리 현희가 아주 못쓰게 됐어. 운전하다가 막욕을 합디다. 자본주의에 완전히 물들어서, 이젠 부르주아를 넘어서 아주 몹쓸 애가 되었소. 어쩌면 좋소?"

박현희는 세상 물정 모르는 아버지가 우스운 한편, 딸에게 대놓고 야단도 못 칠 정도로 약해진 모습에 가슴이 저렸다.

빨치산 시절에는 얼마나 엄했던지, 부하대원 하종구 같은 사람은 박판수에게 보고하러 가기가 겁나 다른 사람에게 대신 가 달라고 부탁했을 정도였다. 그러나 이제는 늙고 병든 노인이 되어 본래의 따뜻한 성품을 숨기지 않고 보여주었다. 아내 하태연에게 항상 '여봐요' 아니면 '이봐요'라고 야단치듯 부르고, 잠잘 때도 아이들 본다고 옆에 눕지도 못하게 하던 그였는데, 이제는 아내에게도 솔직한 마음을 털어놓는 사람이 되었다.

석방되고 얼마 지나지 않았을 때였다. 하태연이 환갑을 맞아 식구들끼리 조촐한 잔칫상을 차리게 되었다. 박판수는 좀처럼 보기 어려운 밝고 환한 웃음을 얼굴에 가득 띠고 아내 옆에 앉아 자식들에게 농담까지 했다.

"너희 엄마가 장사하느라 고생해 이렇게 많이 늙었지만 젊어서는 현희 너만큼 예뻤다. 나는 입산하면서 너희 엄마가 얼굴도 예쁘고 노래도 잘하니 나를 잊고 가수라도 해서 떠날 줄 알았다. 그런데 끝까지 떠나지 않고 이렇게 나랑 너희를 지켜 주었구나."

박판수는 환한 웃음으로 농담을 하면서 다정히 아내의 손을 잡았다. 하태연은 젊어서부터 유난히 손이 예뻤다.

"참 고왔던 손인데……. 고생시켜 미안하오."

박판수는 반주 정도밖에 술을 마시지 않는 편이었는데, 이날만큼은 자식들이 주는 술을 모두 받아 마시며 자신이 얼마나 아내를 사랑했는지, 지금도 사랑하고 있는지 솔직하게 털어놓았다. 하태연으로서는 죽을 때까지 잊을 수 없는 행복한 시간이었다.

딸이 어렵게 장만해준 임대아파트에 들어갔을 때도 박판수는 환히 웃으며 즐거워했다. 그는 점심까지 굶어가며 힘들게 모은 돈 3천만 원을 가족들 앞에 내놓았다. 자신의 피와 살이나 다름없는 귀중한 돈이었다.

그것이 끝이었다. 작으나마 이제 내 집을 마련해 당당하게 살 수 있게 되자마자 건강이 급속히 나빠졌다. 고질적인 천식은 폐렴으로 발전했고 다른 잡병도 밀려왔다. 평생 수도 없이 당한 끔찍한 고문의 후유증이었다.

박판수가 병고에 시달릴 무렵, 세상은 많이 변해 있었다. 1987년 6월항쟁으로 오랜 군부독재가 한풀 꺾이고 민주화의 바람이 나날이 거세졌다. 이제는 옛 동지도 비교적 자유롭게 만나러 다닐 수 있고, 통일운동을 하는 대학생과 단체 활동가도 수시로 찾아와 그의 이야기에 귀를 기울였다.

박판수는 새로 등장한 민주화운동과 통일운동 후배들에게 너무나 자상하고 따뜻하게, 자기가 해줄 수 있는 모든 지식과 경험을 전수하려고 애썼다. 젊은 후배들은 단호하고도 너그러운 그의 인품에서 지리산을 포효하던 용맹한 전사의 흔적과 함께 존경받아 마땅한 한 완성된 인간의 모습을 발견하고 깊이 감명하였다.

병원에서 마지막 날들을 보내며, 박판수는 뒤늦게나마 자신의 생을 기록하고 싶어 했다. 하태연은 사흘 밤을 곁에서 지켜보며 조금씩 받아썼다. 얼마 안 되는 기록이지만 소중한 역사의 증언이었다. 그러나 나중에 통일운동으로 체포되면서 경찰에 압수되어 영영 찾을 수가 없게 된다.

하태연은 남편을 살리기 위해 온 힘을 다했다. 간호사들이 조금만 무심하거나 바로 와주지 않으면 불같이 성을 냈다. 몸에 좋다는 약은 다 갖다 먹이고, 주사도 맞게 했다. 하지만 갈수록 병세는 악화되었고 의사도 더는 치료를 포기해버렸다.

죽음이 임박했을 때, 가족들은 박판수를 집으로 옮겼다. 누운 채 말도 할 수 없게 된 그는 눈에 눈물이 가득한 채 자꾸만 손을 들어 북쪽을 가리켰다. 무슨 뜻이냐고 아무리 물어도 목이 아파 말을 하지 못했다. 가족들은 서울에 있는 친한 동료를 불러오라는 뜻으로 해석하고 서둘러 서울에 사는 윤희보를 데려왔다. 하지만 박판수는 고개를 저었다. 눈물이 그렁그렁

한 눈으로 북녘을 바라보던 그는 끝내 밤을 넘기지 못하고 숨졌다. 1992년 1월 18일, 향년 75세였다. 두 번째로 석방된 지 겨우 5년 만이었다. 그가 왜 북쪽을 가리키며 눈물지었는지는 끝내 알 수 없게 되었다.

장지는 양산 솥발산 민주열사 묘역으로 정했다. 몹시도 추웠던 장례식에는 하종구, 한창우, 박순자, 구연철, 송송학, 김교영, 임방규, 민경옥 등 그와 함께 지리산에서 투쟁하거나 오랜 세월 감옥에서 함께한 동지들이 모두 참석했다. 민족통일을 염원하는 학생들과 사회운동가들도 대거 참석했다. 지리산에서 함께 활동했던 김교영은 직접 쓴 추모시를 낭독했다. 빨치산 출신 장례식으로서는 거의 최초라고 할 만큼 많은 인파가 모인 성대한 장례식이었다.

박판수가 사망할 당시에도 이남의 감옥에는 여전히 140여 명의 장기 양심수들이 갇혀 있었다. 이남 사회는 이들을 모두 간첩으로 불렀으나 실제로 이북에서 남파된 공작원은 47명으로, 20년에서 40년 넘게 장기구금을 당하고 있었다. 나머지는 남파되어 온 친족을 신고하지 않았다는 이유로 체포된 사람들이거나 어로경계선을 넘어 이북에 나포되었다가 돌아와 가혹한 고문수사를 못 이겨 간첩이라고 자인한 어부들, 아니면 남북에 대한 적개심 없이 자유로이 이북을 드나들다가 이남에서 체포된 재일교포나 국외유학생 같은 이들이었다. 그 대부분이 정보부와 경찰의 고문에 의해 간첩으로 조작된 경우로,

훗날 재심청구에서 무죄로 판명 나지만 이들은 오랜 세월 간첩누명을 쓰고 고생해야만 했다.

이들 장기수 중 30년 이상 수감자는 20명에 이르고 20년 이상도 23명이나 되었다. 이는 1989년 사회안전법이 폐지되면서 석방된 52명의 비보안감호자를 제외한 통계로, 이때 석방된 52명의 징역 햇수는 평균 29년에 이르렀다.

석방된 장기수들의 삶도 기구했다. 사회안전법이 폐지되면서 가족이 없는 경우는 본인의 의사와 상관없이 전국 각지에 있는 갱생보호소나 양로원으로 강제 수감되었다. 그러고도 '보안관찰법'에 의해 담당형사에게 철저히 감시당했다. 그들은 주거이동은 물론 여행의 자유까지 박탈되었다.

양로원이나 갱생보호소에 수감된 이들은 다른 지역의 기관이나 민간인 집으로 옮기려면 법무부 장관의 허가를 받아야 했다. 양로원에 있는 동안에는 면회도 마음대로 하지 못했다. 누구든 이들을 면회하려면 담당 경찰관의 허가를 받아야 했다. 형사들은 이런저런 이유로 면회를 차단했고, 수차례 거절당한 끝에 어렵게 승낙을 받아내고도 담당형사와 양로원 원장이 함께한 자리에서 만나야 했다.

다행히 보호시설에 강제 수용되지 않은 경우도 살기가 척박하기는 마찬가지였다. 석방된 이들은 대부분 70세 이상의 고령으로 일을 하기가 불가능한데도 사회보장이 따로 없어 노동판 잡부, 아파트 경비, 노점상, 가내공업 등 막일로 한 달에

20~30만 원을 벌어 근근이 살아가는 형편이었다. 이들 역시 사람을 만날 자유조차 제한되어 감옥에서 수십 년간 옆방에 있던 사람을 만난다는 이유로 조사받고 불구속 기소되었다. 작은 감옥에서 큰 감옥으로 나온 셈이었다.

건강문제도 심각했다. 오랜 세월 비정상적인 감옥살이를 해 온 데다 전향공작으로 말미암은 고문 후유증으로 위장병, 고혈압, 관절염은 기본이고 혈압, 결핵 등 온갖 질병 시달렸다. 아파도 경제적인 여유가 없으니 어차피 치료받을 수 없어 병원에 가서 진단받는 걸 다들 두려워했다. 석방된 지 1년도 지나지 않아 마지막 경남도당 위원장이던 김병인을 비롯해 이복남, 김현진 등 3명이 사망했을 정도다.

엄연히 전쟁포로라고 할 수 있는 이들 장기수에 대한 북송은 극히 제한적으로 이루어졌다. 1993년 3월, 대표적인 장기수 이인모가 이북으로 송환되고, 한참 후인 2000년 9월, 63명의 비전향 장기수가 이북으로 돌아갔다. 그중에는 농업학교 시절 박판수와 절친했던 자전거포 점원 강동근도 있었다. 학창시절에 항일운동을 인연으로 만난 두 사람은 이후 서로 행적을 몰랐는데 각자 빨치산 활동을 하다가 구속 수감되어 대전형무소에서 감격의 해후를 하기도 했다. 박판수보다도 더 오래 감옥살이를 한 강동근은 석방 후에 박판수의 집에 찾아오기도 했는데 북송을 자원한 것이었다.

이 모든 것은 남북이 분단되었기 때문이었다. 해방 직후만

해도 좌익이니 공산주의자라는 지칭은 존경의 의미로 쓰였다. 만인의 이익을 위해 자신을 희생하는 사람을 부르는 호칭이었다. 분단만 없었더라면, 전쟁만 없었더라도, 서유럽이나 일본처럼 자본주의 우익정당과 사회주의 좌익정당이 평화적으로 공존하면서 정책경쟁을 벌이며 나라를 부강하게 만들 수 있었을 것이다. 박판수의 지론대로라면, 자본주의가 고도로 발전하면 내부모순도 첨예화되어 유혈혁명 없이도 자연스럽게 사회주의로 이행될 것이고, 진보세력은 그 견인차 구실을 하게 될 것이었다. 하지만 남북이 분단되어 서로 증오하고 '빨갱이'란 이름이 천형처럼 여겨지는 이남 사회에서는 모두 불가능한 이야기였다.

하태연은 남편이 이루지 못하고 죽은 평생의 숙원인 통일을 위해 이후 모든 열정을 바쳤다.

1994년 6월 12일 오후 4시, 약칭 범민련이라 부르는 범민족연합의 부산경남연합 준비위원회가 발족했다. 부산대학교 문창회관 대회의실에서 열린 발족식의 대회사는 이남의 우익세력이 가진 문제점을 명확히 지적하였다.

"미국과 김영삼 정권은 연초에 군사훈련 재개로 역사적인 남북합의서의 이행을 파탄시키고 남북대화를 동결시켰을 뿐만 아니라 한반도 정세를 위험천만한 전쟁분위기로 몰아가는 상황에 특히 미국과 김영삼 정권은 이북의 핵문제를 구실로 국제적 제재 운운하며 이북압살 정책을 집요하게 추구하고 있습니다. 미국과 김영삼 정권의 이 같은 책동은 우리 민족 전체를 새로운 핵전쟁의 희생물로 만들려는 범죄행위인 것입니다. 우리민족의 운명과 앞길에 새로운 위기를 조성한 미국과 김영삼 정권의 범죄적 행위는 그들이야말로 단합이 아니라 분열을, 평화가 아니라 전쟁을 추구하고 있다는 것을 다시 한 번 만천하에 드러내는 것입니다. …… 민족의 통일을 염원하고 실천하는 각계 애국민중 여러분! 다시 한 번 확인해야 할 것은 우리 민족의 통일은 어느 누구의 손이 아니라 우리 7천만 겨레의 손으로 민족대단결의 사상에 기초한 자주적이고 평화적인 통일방안인 1민족 1국가 2정부, 2체제의 연방제 통일로 외세의 지배와 간섭을 배격하고 민족주체의 힘으로 조국을 통일하도록 합시다. 민족대단결 사상만세!"

하태연은 이날 발족식에 참석한 이래 그 누구보다도 열심히 범민련 활동에 나섰다. 단순히 남편의 유지를 잇겠다는 뜻만은 아니었다. 작은오빠를 비롯해 수많은 애국자를 죽음으로 몰고 간 외세에 의한 남북분단을 해결하는 일은 누구도 아닌 바로 자기 자신이 여생을 걸고 해야 할 일이라고 생각했다.

범민련 부산경남연합은 다음 달인 1994년 7월에 공식 결성되어 남북화해 분위기를 조성하는 각종 행사를 조직하고 경제난에 빠진 이북을 돕기 위한 민간지원 운동을 벌이는 등 활발한 활동을 해나갔다.

범민련 부산경남연합은 1997년 2월 하태연을 의장 권한대

행으로 선출했다. 그녀의 열정은 많은 후배를 감동시켰다. 그녀는 자기 자신에게나 자식들에게는 냉정하리만큼 엄격한 사람이었지만, 뜻을 함께하는 범민련 후배들에게는 더없이 자상하고 따뜻한 선배였다.

"엄마! 범민련 학생들한테 하듯이 우리한테도 좀 포근하고 따뜻하게 해주이소!"

자식들이 푸념 아닌 푸념을 늘어놓으면 빙그레 웃으며 대답했다.

"너희가 엄마 아버지의 뜻을 받들어 통일운동을 해봐라. 내가 고개 숙여 하늘처럼 받들어 모실 거다."

늘 미소를 머금고 맨 앞에서 희생을 마다치 않는 그녀의 열정은 범민련이 통일운동의 상징적인 단체로 자리 잡는 데 큰 도움이 되었다. 그녀의 활동에는 서대문형무소 시절부터 함께해온 박선애, 한기명, 박순애, 박정숙, 김선분, 민경옥 등이 늘 함께했다.

결국 경찰은 이해 7월 하태연을 국가보안법 위반으로 체포, 구속하였다. 그녀의 나이 71세였다. '각종 이적표현 문건을 취득 소지하고 중앙의장단 회의에 참석하여 북측 동포돕기 성금을 범민련 본부에 전달하는 등 반국가단체 구성원에게 편의를 제공한 혐의'였다.

경찰이 증거물로 제시한 이적표현물이란 하나같이 남북화해와 자주통일을 주장하는, 공개적으로 발행된 유인물이었다.

이북 동포에게 쌀을 보내 달라고 범민련 본부에 성금을 전달한 것을 두고 국가보안법 위반이라고 하는 것도 기본적인 인도주의조차 무시한 법 적용이었다. 이북이 미국의 경제봉쇄 정책으로 심한 경제난을 겪고 있음에도 이남에 큰 수해가 났을 때는 피 같은 쌀을 모아 보내 온 적이 있었다. 같은 동포끼리 서로 굶주리지 않도록 도와주는 것은 너무나 당연한데 이를 국가적 위험으로 간주하고 처벌하는 것은 지나친 일이었다.

하태연은 7월 31일 자로 부산교도소에 수감된 상태에서 재판을 받았다. 법원은 칠순 노파를, 공개적으로 배포된 유인물을 소지했다는 이유로, 또는 공개단체에 공식 모금한 돈을 전달했다는 이유로 장기수감하는 데 부담을 가진 듯, 1심에서 집행유예로 석방하였다. 하지만 생애 두 번째인 4개월의 옥살이는 그녀를 더욱 견결한 통일운동가로 만들었다. 그녀는 석방 후에도 범민련 중앙위원 자격으로 전국에서 열리는 통일모임이라면 모두 쫓아다니며 외세의 간섭 없는 자주적이고 평화적인 남북통일을 외쳤다.

이후 십 년 동안 마지막 열정을 통일운동에 쏟던 하태연은 여든 살이 넘어가면서 차츰 정신을 놓는 시간이 많아졌다. 불쑥불쑥 찾아오는 치매는 그녀를 당혹스럽게 하였다. 날이 갈수록 정신을 놓는 시간이 길어지면서, 맑은 정신일 때 간간이 글을 써 남겼다.

'내 나이 80. 옛날 같으면 최고 장수라 할 수 있다. 그런데 마음은 늙지 않을까? 하지만 몸 곳곳에 이상이 생겨 이제는 끝인가 보다 생각하면서 한 생을 되돌아본다. 멋있게 살지는 못했지만 그래도, 그래도 이렇게 살아온 것도 한편 자랑스럽게 생각한다. 좋은 동지들이 있고 창창한 앞날이 있으니 얼마나 좋은가?'

힘겨운 사회생활 내내 가장 큰 힘이 되어주었던 민경옥에 대하여 애틋한 정을 표현해놓기도 하고 불현듯 떠오르는 옛 노래를 적어놓기도 했다. 일본 경찰을 개에 비유해 부르던 일제강점기 노래였다. 감사 어른이란 독립군을 은유하는 말이었다.

> "개야 개야. 알라궁 달라궁 숫개야.
> 감사 어른 가는데 에루와 짖지를 말아라.
> 에헤야 데헤야 에헤야 데헤야 얼싸 엄마 둥개디어라 내 사랑아."

하태연은 2011년 현재 부산 동래의 안락하고 깨끗한 요양시설에서 여생을 보내고 있다. 현희, 준환, 건 세 자녀는 다들 경제적으로 어려운 가운데도 어머니를 좋은 요양시설에 편안히 모시고 지극정성으로 돌보고 있다. 특히 맏딸 현희는 경제활동을 하기 어려운 나이임에도 어머니를 모시기 위해 열심히 일하는 모습으로 주변 사람들에게 감동을 주고 많은 칭찬을 받고 있다.

하태연은 요양소에 처음 들어가서 아직 정신이 맑을 때면 외동딸 현희를 앉혀놓고 말하곤 했다.

“나는 존경하는 네 아버지를 만나 영광스럽게 살았다. 감옥살이를 했지만 내 생애는 영광뿐이다. 나 죽거든 우리 엄마 고생만 했다고, 불쌍하다고 절대 말하지 마라. 내가 살아온 길은 떳떳하고 영광스러운 길이었다. 수십 년 보따리장사를 하며 힘들게 살았지만 조금도 부끄럽다거나 힘들다고 생각한 적이 없다. 나 죽거든 절대 엄마 불쌍하다고 말하지 마라.”

언어도 기억도 다 잃어갔지만 이상하게 노래만은 선명히 기억했다. 누가 옆에서 첫 구절만 불러주면 행복한 미소를 띠며 가사 하나 안 틀리고 옛 노래를 불렀다. 가장 좋아하는 노래는 ‘태백산맥에 눈 나린다’로 시작하는 빨치산 노래였다.

> “태백산맥에 눈 나린다, 총을 들어라 출정이다.
> 눈보라는 밀림에 우나, 마음속엔 피 끓는다.
> 높고 높은 산을 넘어, 눈에 묻혀 사라진 길을 뚫고
> 빨치산이 영을 내린다, 원수를 찾아 영을 내린다.”

점점 정신을 놓으면서 마지막으로 부른 사람은 친정 오빠 하치양이었다. 일제에 저항하다가 해방되던 그날까지 감옥에 있던, 해방 후에는 새로운 침략자 미국에 저항하다가 지리산에서 무덤도 꽃다발도 없이 산화해버린 작은오빠였다. 정신이

오락가락할 때면 눈에 눈물을 가득 담은 채 '작은오빠, 작은오빠……' 하며 중얼거리곤 했다. 끝내 돌아오지 못할 시대의 영웅들을 찾았다.

**안재성**

1960년 경기 용인 출생.

광주민주화운동과 관련하여 계엄포고령 위반으로, 광산노동운동과 관련하여 국가보안법 위반으로 옥살이를 했다.

장편소설『파업』, 『황금이삭』, 『경성트로이카』 등을 썼으며 이현상, 이관술, 박헌영 등에 대한 인물평전과 부산지역 생존 빨치산 구연철 생애사 『신불산』을 썼다.

노동운동 기록으로는 『청계 내 청춘』, 『한국노동운동사』 등이 있다.

이념대립으로 가려진 역사와 인물들을 복원하는 일에 열정을 다 하고 있다.

## :: 산지니 · 해피북미디어가 펴낸 큰글씨책 ::

### 문학

해상화열전(전6권) 한방경 지음 | 김영옥 옮김

유산(전2권) 박정선 장편소설

신불산(전2권) 안재성 지음

나의 아버지 박판수(전2권) 안재성 지음

나는 장성택입니다(전2권) 정광모 소설집

우리들, 킴(전2권) 황은덕 소설집

거기서, 도란도란(전2권) 이상섭 팩션집
*2018 이주홍문학상 선정도서

폭식광대 권리 소설집

생각하는 사람들(전2권) 정영선 장편소설

삼겹살(전2권) 정형남 장편소설

1980(전2권) 노재열 장편소설

물의 시간(전2권) 정영선 장편소설

나는 나(전2권) 가네코 후미코 옥중수기

토스쿠(전2권) 정광모 장편소설
*2016 세종도서 문학나눔 선정도서

가을의 유머 박정선 장편소설

붉은 등, 닫힌 문, 출구 없음(전2권)
김비 장편소설

편지 정태규 창작집
*2015 세종도서 문학나눔 선정도서

진경산수 정형남 소설집

노루똥 정형남 소설집

유마도(전2권) 강남주 장편소설
*2018 대한출판문화협회 청소년도서

레드 아일랜드(전2권) 김유철 장편소설

화염의 탑(전2권)
후루카와 가오루 지음 | 조정민 옮김

감꽃 떨어질 때(전2권) 정형남 장편소설
*2014 세종도서 문학나눔 선정도서

칼춤(전2권) 김춘복 장편소설

목화-소설 문익점(전2권) 표성흠 장편소설
*2014 세종도서 문학나눔 선정도서

번개와 천둥(전2권) 이규정 장편소설
*2015 부산문화재단 우수도서

밤의 눈(전2권) 조갑상 장편소설
*제28회 만해문학상 수상작

사할린(전5권) 이규정 현장취재 장편소설

테하차피의 달 조갑상 소설집
*2011 이주홍문학상 수상도서

무위능력 김종목 시조집
*2016 부산문화재단 올해의 문학 선정도서

금정산을 보냈다 최영철 시집
*2015 원북원부산 선정도서

### 인문

파리의 독립운동가 서영해 정상천 지음

삼국유사, 바다를 만나다 정천구 지음

대한민국 명찰답사 33 한정갑 지음

효 사상과 불교 도웅스님 지음

지역에서 행복하게 출판하기 강수걸 외 지음

재미있는 사찰이야기 한정갑 지음

귀농, 참 좋다 장병윤 지음

당당한 안녕-죽음을 배우다 이기숙 지음

모녀5세대 이기숙 지음

한 권으로 읽는 중국문화
공봉진 · 이강인 · 조윤경 지음
*2010 문화체육관광부 우수학술도서

차의 책 The Book of Tea
오카쿠라 텐신 지음 | 정천구 옮김

불교(佛敎)와 마음 황정원 지음

논어, 그 일상의 정치(전5권) 정천구 지음

중용, 어울림의 길(전3권) 정천구 지음

맹자, 시대를 찌르다(전5권) 정천구 지음

한비자, 난세의 통치학(전5권) 정천구 지음

대학, 정치를 배우다(전4권) 정천구 지음